登校時間

有田和未詩集

土曜美術社出版販売

詩集　登校時間

序

どのようであれば詩だと言えるだろうか。どうすれば詩であることができるだろうか。いつも迷いはある。結局のところ、その都度やってみるほか答えの探し方はないようだ。自分の心象をあらわすための文法を、試行錯誤して探し出す努力を積み重ねていくほかない。もうこの言葉遣いしかないのだと、一種の諦めがつくまでとことん実験を繰り返していくほかはない。

僭越や無鉄砲は覚悟の上で、他の誰の話しぶりにも一切左右されず（伝統への敬愛は当然の前提として）、常識になずまず、ただ自分が納得できるようにしか書かないと決心するところからでなければ、自分の文法は探し始められないと思っている。他の誰かのようにではなく、ちょうど自分のように話すことがどんなに難しいかを、切羽詰まって実感する地点が、いつでも詩であるための出発点だと信じている。
　そうして身勝手な思いと身振りに偏った、まったく普遍的ではない形にこね上げた、きわめて偏狭な趣味でいろどった仮想の小さな街を、楽しんだり共感したりしてくださる奇特な方がもしもあらわれたならば、それはとんでもなく素晴らしい、有難い奇跡である。

二〇二三年十月一日

有田和末

目次

恋するとき、四月から

母の太陽

詩集　登校時間

登校時間

登校時間——娘たちの四月に

春に弾ける小さな
音を立てて咲くものが
来る
皆、口をそろえて言う
だからつられて聞き返す
それは何処に？
返答の代わりに斜めの風がすり抜けて
周囲を見まわすと
それが来た気配を流すプラットホームに

顔を上げて滑り入る温度が察知される
斜めに薫る風が近づいたなら
鼻腔《びくう》の奥をゆっくり通過させて
胸にとらえられるだけを呑み込んでみればいい
やがて満たされた空気をかき分けるように
登校時刻を狙いすませた
様々な生地のそよめくすれ違いのうちに
紺や、チェック、ジーンズ、またはアイヴォリーなど
見え隠れする色と模様が象《かたど》る彼女たちの肩から背にかけて
さらに腰から爪先にかけて
つたい流れる春の息に
押し撫でられ
足元に落ち砕ける刹那に見られる
素足が

解かれない白い線で、きつく固く縛られる
洗いさらされた生地の下ににじみ
次第にあふれる素肌の色の
新しさに誘われてふたたび頬を上げる
それはまるで
おろしたての靴下や、干したてのハンカチを
前に結んだ手の下にあてがったときの
蒸れた人熱《いき》れの湿った温度が
隣に立った者をふと驚かせるように
新品の衣に包まれた身体の中心を
ある日芽吹かせる少女の時々
彩られた娘たちは
すでに電車の滑り込もうとする溝の向こう側
乗り換えのプラットホームに立ち

それぞれの夢の場所へ
登校を始める

蜜の鳥

桜のうえに桜の散り敷くとき
散りぎわに名残る
温もった空気に蜜の香りの鳥
彼は花の間《ま》で首をかしげる
歩道につもる花漏れの陽を縫い歩けば
足音が風圧に押され浮きあがらせられて
頭上に咲きつのる蜜たちの間で遠くのほうから反響する
舞い落ちる一群れを見上げる視線の運ばれた先で
花陰に行き交ういくつもの気配

緩い風がそれを歩行者の耳に遅れて届かせるために
耳の奥が
花の温度に染まる
満開が身体のうちにもやわらかに訪れる
誰か、あるいは何事か、まだ見えないものを待ちながら
何が来るかを皆、すでにどこかで知っている
これから始まろうとする出来事たちの予感を咲き過ぎさせようとしな
がら
時折の囀り合いが告げる爛熟した昼下がりの時間
微睡みのうちの
ひととき止まる明るみに
鳥と足音と
花弁の絡まる枝の奥は
嘴にはさまれた一枚

蒸され湿った風が吹き払い
滲み溶け合わせられる花蜜の香と午後の色の混醸

約束——登校を始める少女に

スカートの裾を乱さない
白いカラーを翻《ひるがえ》させない
箱襞のひとつひとつを、朝、家を出る前に整えて
袖に風をあてず
ブレザーの肩を揺らさず
革鞄を両手で前にもち
伏せがちな目を
時々に上げては、瞳の半分を見せながら
陽射しの行方を一瞥したり

少量の唾液を呑むために
喉をわずかに動かして
細い首に口を結び
軽く俯いたり
さらに刻々と交差点を通り過ぎる人影たちと
これからいっそう葉を繁らそうとする並木たちとを背景に
君が黙々と向かおうとしている
制服たちの集まる場所
その角を曲がった先にある
麗らかな門へ
時間をかけて距離を詰めていく間《ま》に
視界の隅に織り込まれていく友達の歩き姿に向けて
ふと顔のおもてを解きほどくとき
君と門との間には

ただちに通学路があらわれる
幾人かが君に合流する軌道を描いて
それから皆で背中をちょっとずつ左右に傾けたり
野花と響き合う声を道端に落とし合ったりしながら
通学にしたがう空気の流れを動かし
皆でそれを校門の中に押し入れ
いまだ外に残るいくばくかの立ち姿もまた
閉じしなの門扉の内側に引き入れたあと
世の中から姿を隠すだろう
君の後ろ姿は
やわらかい境界線を越え
秘密の内にこもり
向こう側のどこかに見えなくなる
そうしてどこかで薄い息をする

とても少量の
庭球ほどの丸さの
そしてこの一連の動作を繰り返す、決まりごとを守ったら
そのたびに
胸に挟んだ心をゆるめ
外に聞こえないよう注意をしながら
白襟の奥
うなじの陰に仕舞った
ひたむきな声を使って
報告する
約束をください

東雲の火

夜、密かに僕の部屋に来た何者かが
未明
鳥とともに窓から飛び立った数羽の朝に
きっと二言、三言、呟かせたのらしい
余韻が白壁におぼろげに映っていて
その影もとだえる頃
夕べのうちからそこにいた誰かがベランダの下で談笑する
昨日いなかった声の主が輪に加わる気配がして
彼を見るために

明るさに慣れていく目を凝らしながら
全身を包《くる》んでいたまどろみを床に脱ぎ落とさねばならない
足元に伏せる残夜の夜陰の真上にも、それから
窓枠にまだ響く無音の会話にめがけ
焦げた匂いの雨戸を押す
隙間に話し声の断片が飛び交い
硬くなった空気の向こうから
不意にふくらむ外光の尖端
切っ先が頬をかすめて、冷気が腕を浸す
根元まで差し入る筋状の強い目覚めと滑り込む朝の摩擦音に
僕の身体《からだ》は振り子となって大きな打刻音を鳴らす
世界はいま目を開ける
輝くむき出しの朝の手が
地上に真新しい火を起こして東雲を刺す

晩夏

空が傾いて海に落ちる
太陽も共に
白雲が、落ちた二つ分の高く大きな水柱を上げる
しだいに傾き水平線に呑まれていく緩く大きな夏
海原は波を立てて青空に溢れる
ここにいつまでも動かないでいる
僕が半固形の僕になる
夏のしぶきが間近に迫るのを何度も黙って見る
真昼（激しい緑と青との）も、大きく遠回りに旋回する

やがて
上空の頂も水没するだろう
夏も。それから――
蒼々とした昼下がりがもう一度始まりからやりなおされる

海からの

水平線に落ちる雲の線
青い夏よ
白い泡としぶきよ
遠くで夏が海からスローモーションで跳躍する

空に泳ぐ牛

教室の窓を横切り
空に泳ぐ牛
のったり、のったり、
よく見ると鯨だったかもしれない
鱗雲に隠れていく後ろ姿を目で追ううちに
授業中の鉛筆がこすりだす粉末のにおいが
背景の青地にも黒っぽくにじみ始める
級友たちは一心不乱にノートに向かい続け
双曲線の未来図をしきりに書きつけている

未来に向かうその先端と、牛と鯨の軌跡とがぼんやり重なっていく
僕には想像できる
牛は夜の教室からも見えていて
しかし誰も見ていないまま次第に鯨化し
月に向かって、のったり、のったり
泳いで行ったりする
校舎には誰もいないからそれはただ牛だけの楽しみになるはずの冒険
　だったけれど
万が一発見されたら
（帰りそびれた警備員などに）
鯨は通報される
牛が逃げて金星の付近を泳ぐのが目撃されたと
牛でありながら水槽から泳ぎ出し
海色の夜空を専横し

鯨になりすまして泳ぎ巡っていると
けれども彼は牛に間違いはなく
鯨と見分けがつかなくなる前に
連れ戻されるのが本人にとって幸せなはずだからと
何度か念を押されることになるかもしれない
その電話を掛けられたとき
管理人さんはお風呂に入っている

二月の教室幻想

答案用紙に向かって俯く髪たちが
うまく頬にかかるよう梳き正されていて
幾筋もの川が並行して流れる勢いに乗って
順方向に整然と下《くだ》っていく
それぞれの机上に吹き溜められた吐息が
無音の膨らんだ形をつくる
はみだしかけたそれを、背筋を前のめりに伸ばし
誰もが呑み込む準備を整えたころに
チャイムは波紋して

前方から後方まで、端端まで敷き詰められた生徒たちの
利き手の動きを同期させる
きわめて一斉に
同じ方向に、教室の大気を循環させる
ひとつの熱機関となって
ここは緩やかな渦を巻く時計回りになる
考える渦が高い天井をゆっくり回遊しはじめるとき
いますぐ目を閉じれば
波のうちに虹色の魚が泳ぐ様を夢見ることができるだろう
時を得て輝く魚が
すばやく生き生きと立ち去る前に
その後ろ姿に幸運を探さなければならない
反射する希望の気配を靡かせながら
魚は存在を少しずつ薄れさせる

終了の号令は
夢の始まりと終わりを告げる合図となって
思い思いに流れ出ていく軌跡に
沢山の滴《しずく》が合流する風景をつくらせるから
残された熱も吹き冷まされていきながら
誰もいなくなる教室に立ちこめている自分を
静かなまま潤ませるだろう
青く幸せに
天井の余韻が余震しているうちに
尾を引いて消える前のそれらに向かって
願いを唱える役目を私はになう
ここにあった力たちが幸運の魚と出会いそれを存分に泳がせられる時
　と場を得る未来がいつか現れるように

十二歳のために——想われる少女の色調

振り分け髪を少し揺らして香らせる
そのための首の振り方を知っている年齢に
生まれながらに備わった未来への予感が
胸を底のほうからやわらかに持ち上げていく
見られている気配を耳陰に漂わせ
体温を帯びた視線を横顔に受け流す
そのための顔になれる彼女の
十二歳は知り初《そ》めるとき
想い人たちの上空に鼻先をほんのり尖らせて

目線をそらしながら
誘惑の動機を配りはじめる
それぞれに淡い期待を描かせながらも
隠している側の頬の産毛を
まだ遠慮がちな後れ毛のうちに
少しだけ潜ませておくことを忘れない
見せている頬に届く
まだ熟さない羨望たちを感じた一瞬に
非情に目を閉じる
そのそぶりが、胸元の湿度と結び合うとき
少女の入り口は、徐々に押し広げられる
奥の中心を裏返させて
封入されていた内側を表に折り返すために
その場所の痕跡は新しい出来事を繁殖させていく予兆に満ち満ちる

すべては連動して動いていくものだから
水面下に進むさまざまの事柄のもう一方では
誰かを温めるときのために
心臓の両側を控えめに盛り上がらせはじめるので
その頂上の辺りに向かって
本当は秘匿されているはずの望みを濃縮した小さな
球状の種の形をした
しかもゼリー状の確信を
微量だけ押し出すから
丸い熱さが、だんだんそこにも滲み広がる

恋するとき、四月から

恋するとき、四月から

電話をするための姿勢にまず身構えてから
やがてゆっくり話し始めるだろう自分に向かって
強く身体を押し出す力に乗じて番号を押した
彼女は来た
木目の波うつ食卓《テーブル》に彼女の時間を映す
こぢんまりした頬や鼻の肌理《きめ》がくっきりと見える距離をしばらくの間
　独占する
飲み物の水面が細かく揺れる際の音にもならない音を喉の奥の胸の辺
　りにまで触れさせていく

話し続けることが
堅実な時刻に帰る彼女の視線をこちらに向けさせられる片時を
忘れずにいるための唯一の方法だから
彼女の顔を隅々までよく見る余力が今はない
それから約束は何度も繰り返されて
少しずつの時間がその都度、惜しまれて
それでも時が来るまで
彼女は恋する色を見せないだろう
望まれたものはどこかにしまわれたまま
何も待たれていない小さな笑顔のみが点描されていく
すれ違いざまの会話がその時だけ華やぐやり方で
その時だけ親密な距離が許されながら
僕たちのすれ違いの場は周到に制限されているのに
次第に感じられる彼女の体温が

喉元までせり上がってくるのを止められないでいる
四月からどれくらい経っただろう
次のすれ違いを待つための時折の機会がたまりつもり
小さな山がいくつも、次々とできている
それぞれが言葉を放出した後の薬莢に似たものの塊で
忘れられた中身たちが残り香を僅かにこもらせている
誰もいない夜の部屋にそれが薄い煙になって漂うと
彼女がすでにそこにいる匂いが立ちのぼり
僕はゆるやかに酔わされる
もう一度四月が来て
一度目とは違う重さの時間が動き始めるはずだ
少し中身が詰まって丸くなった蕾と同じ
噛んだら柔らかい歯ごたえで押し返される頃の
育ちかかった期待に色づきはじめているから

そのうち充満したら開くかもしれない
君が来た時
僕が感じるしっとりとした重みのうちに

五月のバスで

五月のバスにそのとき乗った
昨日までと同じ送りの言葉と
続く乗客に後部まで押し込まれて
発車際に、バスとは逆方向に去ろうとする
彼女が、顔をくずすのを初めて見る
情景は流れる
車窓に色が流れる
バスは速度に乗り
周囲は揃って後方に動く

ここだけが同じ風景にとどまり
残るすべてはかき混ぜられた色に溶け始める
燃え上がる新緑の勢いが左右の窓に帯状の尾を引いていく
彼女の小さな鼻の丸い先端の肌の白さを気にしながら
しきりに話をする僕と
聞き流しながらほんのり見返してくる彼女の
うっすらした笑顔が、気づかないくらいの風に動く葉陰を映していて
周囲に、そこから漏れる午後の日がいくつも落ちてきていた
今はまぶしい照明に縁取られた
後部の車窓に、流れ過ぎるそれらが上映される
遠くなる曲がり角に小さな幸福が見えなくなる
長い並木道の突き当たりに白雲の塊がたつ
木漏れ日の下の青々しい視線と
それを受け取った時々の色めきたつ時間たちと

走り去る街路樹が今まさにその盛りであるように
これからの季節に向かおうとする旺盛な希望の力たちが
遠くなり、白くなる

STORY-RAIN

乳白色に流れる雨
濡れた、ピンクの爪
それらの色合いが溶きまぜられていく場所に物語の最初の頁がある
滲んだインクが未定の頁までをも薄く染めて……
今、このテーブルの上に広げられた一連のストーリー
雨がそれをしんとした音に変える
昨日の夕方がそろそろ固形になって
黄昏の色のゼラチンに精製される
カップの中に落日を入れた飲み物を差し出されたあと

掻き交ぜるスプーンに映る、潰した蜜柑の色
彼女の舌の上にも夕焼け
二階の窓下に濡れる街路は朝の暗い光沢に映えて
行き過ぎる大勢の経緯《いきさつ》たちを埋もれさせる
雑然と路面を蹴る無数の靴音が削り飛ばす断片たちもまた
暮れていった昨日を、濡れそぼる今日に
一枚ずつ落とし重ねてゆく度に
重ならない一度きりの逢瀬が反芻される
今だけの二人
今だけの時間
無言の一時間
向き合う空白のあした
雨の香りがする
食器の音がする

それが乳白色に
いつか溶けて、遠い記憶の声になる

夜のモモ

モモがぷるん
モモが好きだ
形が変わる
同じリズムを繰り返す
水っぽい伸縮の
その動きが好きだ
なぜって？
質問はしばらく届かない
ずっと、時間をかけて届いた視線の先に

モモが揺れる
その変化が
または鼓動が
視覚とそれを裏づける触覚とを
一つの場所に誘導する
二つが混じったとき、匂いの立つ
肌と匂いとのこの馴れ初めが好きだ
ねぇ、なぜ?
何が何を好きなのか
暗くなってからきいてみる
話したくない
かかわりたくない
隠していた本心につながる情報なので
あらわになると怖いものが来るかもしれず

正視はしないふりをしながら本当は
モモに真顔になる
力を入れて
張り切ったモモが形を変えて
肌と皮膚が押し合い
離れ合うときの
内側のありさまを映し出す表面を
生生《なまなま》しい目で見ながら
どう感じられているかを考えるのが
好きなのだ
そっと、息でモモを濡らす
湿り気を帯びたところを
指でなぞると白くしびれたその跡が
だんだんぼやける視界の先で

見えなくなって行く
目を瞑《つむ》ったから？
それとも
モモ？
ふわりとそれが手にあたって
さぐりあてる
やっぱり、ここだ
もっと
暗くなってから――
モモに顔をうずめ
口にふくんで、たしかめる
今日も再び
答えは見つからなかったよ
またあした、ね。

プライベート・オッパイ

自分専用のおっぱいがある
それより誇らしいことがあるだろうか
男の子にとって
これ以上の勲章はない
自分だけのおっぱいがあるから男の子の価値があると言っても
そんなに過言ではない
自分だけが開けられる部屋に隠して時々確かめに行かなければ
鍵を開けたら他の人に見えないよう両手でしっかり覆ってあげなければ

そうでなければおっぱいは絶対に守れない
見られたら溶ける柔らかいもの
そんなに特別だから
お金も名声もおっぱいの前では色褪せる
どんなに魅力的な女の子の他のどの身体の部分も
ほの白く膨れたおっぱいの前では色褪せる
おっぱいをもつようになったどの女の子自身よりも
その子のおっぱいのほうがもっとそそるに決まっている
命はおっぱいでつくられるから
おっぱいの膨れた女の子は命の素の出口になる
もしも自分のものにしないなら、いつか誰かに奪われるのだから
埋められ秘蔵された財宝以上に
血眼で探し求められるのは当然だ
見てごらん

女の子の胸もとは人が生まれるときの香りで溢れている
命が来る場所から漏れ出る大気で充満している
おっぱいの先にはぷっくりした口がついていて
そこから盛んに吹き出しているのだ
それが男の子をくらくらさせる
おっぱいの先に未知の部屋との出入り口がある
それが男の子の鳩尾をうずうずさせる
熟れはじめた女の子たちはその場所に繋がった胸もとを
向こう側からこちら側に押し寄せる風圧で
おいしそうに膨らませ始める
おっぱいは神秘の薫香を匂わせ始める
おっぱいからも脇の下からも足の裏からも
女の子の身体中から噴き出して男の子を誘惑する
どんな食欲よりも

男の子たちは命への渇きで飢えさせられる
自分専用のおっぱいは
それらの体験をまるまる全部ひっくるめて
自分のものにできるのだ
これほど嬉しい褒美はない
自分の体液をたくさん差し出してでも
ちょっと干からびそうになってでも
男の子たちは
おっぱいに尽くさずにはいられない
なにしろおっぱいには
それを所有する女の子もついてくるのだから
そのオマケが欲しくて
オマケのいじらしい魅力に負けて
本体であるおっぱいを買ってしまいたくなる気持ち

わかるでしょ
（男の子なら）
つまり妻よ
君が一番大切だ
（これホント）

君がそこにいることについて

君がいるだけで
この世界は溢れる
つまり僕の欲しいもので
いっぱいになる
なぜだろう
僕たちの周りにはたくさんの人々が生きているのに
どうして
君だけが僕の世界を埋めつくせるのか
世界が僕と君の二人だけなら

それでも僕たちは満足しただろうか
僕たちが二人で出かけるときに
日の光や風のそよぎや木陰をつくる木立や
僕たちのテーブルにお茶を出してくれる
親切なウェイターさんやウェイトレスさんたちは必要だ
僕たちがついに抱き合ったときに
拍手してくれる周りのお客さんたちも必要だ
僕たちは二人きりではない世界に生きているから
それだからこそ二人きりの世界は豊かになる
何もかもが交響して
世界の広さをつくりあげる
それなのに

君がいないと世界の灯が消える

皆がどんなに大騒ぎしていても
すべてが灰色に沈み込む
何もかもが意味を失う
世界は絶望する
なぜだろう
僕のいるこの世界で
君だけがそこに意味を与えられる
君だけがここに色をつけられる
君の盛り上がった頬が一切の出来事を、輝きを放つ表面に塗り替える
君の開け放された口と丸く並んだ歯がここを明るくしながら
生きる意味を充満させそれから隅々にまで行き渡らせる
世界にはこんなに多くの人がいるのに
なぜ僕たちは
こうしてお互いだけを見ているのか

二人だけの世界にいながら
パンを買ったり
気持ちを高めてくれる演奏に聴き入ったり
友達のパーティーに呼ばれたり
僕たち以外の誰かと盛んに関《かか》わりながら
それらの交流を織り入れて幸せの色を深めている
それでもそれらの出来事の中心には
君以外がいることはできない
毎日は常にそこに戻りまたそこから始まる

僕たち以外の誰かもまた
同じように二人だけの世界を生きながら
一方でそれ以外の誰かたちと世界の造形を分け合いながら
他方で外にいる誰からも距離を置きながら

ひっそりと、半分孤独に暮らしているのだろうか
僕たちはなぜ
それがさびしくないのだろうか
なぜ君だけが
この世界の目的になれるのか
こんなに様々な雑踏が僕たちを待ち構えているのに
なぜ僕は君以外のすべてを
すっかり忘れてしまうことができるのだろうか
なぜ
君は残りの一切と引き替えになり得るのだろうか
たまたま出会った僕の前で君が
ただ生きていることだけが
どうしてこんなに美しいのか
………

湧き出る問いはいつでも君を美しくする
なのに
君がそこにいることについて
僕はいつでも何もなすすべがない

母の太陽

次女の口許が尖っている理由

次女が尖った口許を私の耳に押し入れて
穴の奥をくすぐりながら生温かい小声を吹き込んでくる
何か、言うことなかった？
小ぶりな唇の弾力が、幼い息づかいと体温を私の耳奥に行き渡らせる
私は考えを巡らす
鞄の準備はしたのかな？
次女は鼻の穴から息を吐いて大きな声になる
昨日のうちに、とっくに用意したよ！
そう、すごいね、素晴らしいね、年長さんは違うね。

次女はまた私の耳に唇を差し込み、内緒事をささやく
まだ言うこと、あった？
私は再び考えを巡らせる
スカートの下に黒パンツは、はいたかな？
次女はさらに鼻の穴を大きくする
ほうら！
両手で思い切りめくったスカートの上端から、真っ黒な二つの丸がこ
　ちらを凝視する
私はびっくり仰天するために
次女を飲み込むくらいに口をあける
……！
やっと満足した次女は
それから意気揚々と出かけていくのだ

幼稚園の送迎バスが彼女を日替わりの冒険に連れ出し
遊び尽くして半分眠った顔をまた送り届けてくれる
夜が来れば、今夜の新しい夢に遊ぶため
さらに明日また次の冒険に出るために寝床に入る
彼女は私にとって懐かしい、永遠の遊びの時間を今、なぞっている
終わりのない循環の環《わ》に添うように
寝床の次女は私に寄り添い丸くなる
少し骨ばった背中を撫でて、幼い幸福の手触りを確かめたあと
二つの柔らかい手の小ささを楽しむ私の手の中で
それらは今にも膨らみつつあるリズムで脈をうつ

ふくよかな眠りへの坂を滑りおりようとする、その境い目の次女の耳に

今度は私が唇を突っ込む番がくる
穴の奥に、かわいいよ、と吹き込むと（必ずそう言うべきなのだ）
目を閉じて勝ち誇る笑顔はまどろみに溶けながら
また何度でも、遊びの時間へと回帰していく色合いに落ちる
その進路の尖端は柔らかな手触りを保ったまま
あの温暖な夢の中に伸び続けていくのだろうか
どこまでも続くと思われた私の遊びの時間も
今また、そのときとは別の場所で
かつてと同じ方向を指して伸びはじめたのを感じるから

誰かに見られている日常は終わりない連環をつくる
どの行為もが無期限の安堵に伴われる
その日常が自分のうちにもあったと気づくとき
遊びに満ちた終わりない時間の

そのほんとうの所有者は私を見ている誰かだったとわかる
私は思いがけずかつてに戻り
所有者たちの顔を見る
彼らを見る私と、彼らに見られる私と、娘を見る私と
順に入れ替わり循環がはじまるために
次女の寝床で自分のいる場所を忘れ
今また終わりのない遊びの時間に、出かけてしまいそうになる
だから娘たちの髪を撫でて、自分を繋ぎとめようとはするけれど
もしも記憶を追ううちに帰るべき地点を見失い
古びた時間のうちにさまよったとしても、それでもよい
次女の尖った口許の吹き込む体温が、もとの場所を呼び戻し
明日の朝、私に教えるだろうから
（彼女の唇が尖っているのはそのために違いない）
夢の歩道を追いかけ、一巡りするうちに

私のうちにも永遠の行く先が、いつか所有されていたことを

遠のいて行った告白たちに

ねえ、母
あれはヒメジョオンだし、これはナズナでね、
ほら、こうすると音が出るでしょう?
そのカタバミは実をつけるとね、……
そうなの?
よく知ってるね
詳しいね
母の誉め言葉を聞き流しても
母に訴えたい言葉はまた湧き上がるから

小さな知識をとりとめなく話している間
母がそこに居て耳を傾けてくれると信じられた
それらは母を射止めるための、幼い呪文であったから
私のひた向きな告白を聞き続けるためだけに
そこにかがみこむ母に見守られながら
カタバミの熟れかけた実を弾けさせたり
ツユクサの小さな花でハンカチの端を青く染めたりするとき
ハンカチを取り出して空になった胸ポケットの中で
ひそかにふくらませた空想は
母を乗せて空に達するまで伸びる芽の形をしていた
下から見上げた母の顔の向こうの遠い空まで
夢は途切れることなく紡がれていった
母の身体がいくぶん、小さくなって
娘たちの訴えを聞く役割が、自分たちにまわってきたとき

終わりが来ないだろう告白を続けながら見たあの
伸びたての野の花たちの薄水色を思いながら
妻が今、娘たちに耳を寄せ
他の色々の用事を気にかけながらうなずく、せわしないそのうなじに
母の春めいた若さが伸び盛っていた晴れやかな肌艶と
産毛にまみれた母子草などの淡い緑が
空の頂の辺りにまで遠く折り重なり響き渡っている
ある日、久しぶりに訪ねた母の住み処を辞する道々
自分の手離した告白たちの
母と私の遠ざかっていく距離の間に間に
まどう風に乗り行きめぐっているのを透かし見る
あの告白たちは
今も同じ場所を行き来しているのだと
娘たちのかまびすしい訴え声が

行きつ戻りつ、私に告げ知らせる

母の太陽

母の歩みは遅い
膝や腰の不調のため、少し前屈みになる
背も丸くなる
母の若い頃
地面に近かった私の頭上に立ち、空の方から私の手を引いて
太陽に向かって歩いていくのが見えた
太陽を頭上にかかげて
濃い青い空に昇っていくのを見た
行先に赫《かがよ》う太陽は目を閉じさせるほどまぶしかった

その閃光を遮る精悍な横顔を
今は見下ろしながら歩くようになり
母がゆっくり歩くのを
ゆっくり待ちながら歩くようになった
母を見上げて歩いたとき
母の道は未来に向かって燃え立つ上り坂にあった
若く強い陽射しをはねのける母の歩みが
天道を滑る太陽の軌道に摩擦の火を起こすのを見た
母の太陽が夕焼ける
ある日、それは頭上になくなっていた
いつも通りに母と歩こうとして
幼い私の手を引いた母のままではないと知り
それでも強いて速く歩かせようとする私を
母は諦め顔で笑って見た

躓きがちの細くなった母の脚を
それまで見ようとしなかったのだろうか
それとも我知らず見過ごそうとしていただろうか
振り返れば自分もまた同じ道の上にある
私も緩やかにいつか老い
今は娘たちの手を太陽に向かって引いていても
次第に上り坂が重くなり
歩くのが遅くなる
私の太陽も少しずつ沈む
私たちは同じ道を歩き同じ場所に向かう
繰り返されていく道であっても私にはどうしても
太陽の軌道を進む母の張り切った命の力が
今もいつまでも神々しくまぶしい
母よ、ゆっくり歩いてくれて良い

私の手を未来に向かって引いたように
今もいつまでも未来に向かって
太陽に向かって
幸せに歩いてくれたら良い
今は私が青空に向かって娘たちの手を引くのであっても
私の太陽は母の中にある
母の太陽に
私の空は焦がされ続ける

幸福の鳥を飛び立たせて

世界でただ一人だけのための幸せがあるなら
世界のうちでただ私一人だけが幸せなら
それは幸せだろうか
あるいは退屈だろうか
たとえばもしも自分一人だけが不幸なら
答えはやはり同じだろう
退屈ともみじめとも違う特別な一点があり
その場所が示す
虚しい孤独の風味に

誰もが行き着くことになる

世界で自分一人だけの幸せが空想されたとしても
それは幸せでも不幸でもない場所に行き着く
もしも例外のないすべての人の幸せが一度思われたなら
もうそれ以外を想像できなくなる
他のどの場所も完全ではなくなる
だから
幸福の鳥よ、高く飛び立て
一人の場所から
皆がいる場所を見渡すために
皆が見える場所から
一つの幸せを探すために

もしも孤独をかこつ人がいたなら
その人のために考えよう
一人ぼっちの胸の内から
一羽の鳥が飛び立つ風景を
その鳥の目から
地上に暮らしている多くの人たちが見える事実を
美しく想像しよう
幸せは一人の目からは見えないから
皆がお互いを見ることができる場所に
幸せの鳥の目がようやく行き着いたら
そもそも幸せとはどんなだったかを
見えているすべてのお互いのために
探し始めるだろうから

あとがき

はじまりは高校入試問題集だった。中学三年生のとき。鑑賞問題の題材となった谷川俊太郎氏の詩作品「夕方」に瞠目させられた。「誰もいない隣の部屋で／誰かが呼んでいるまるで僕のように」という最初の二行に釘付けになった。言葉でこれを表現することが可能で、それを表現することのできる人がいるのだと知った。「たった今誰かが立ち去ったところらしく／影がちらと目をかすめる／だが僕が追うともう誰もいず／あたり前な夕方になる」と続くフレーズには、明るく繊細な孤独感が満ちていて、余韻に、どこまでも懐かしさが湧きおこってくる。自分はこの情景を知っている。通常ならば自然に記憶から立ち消えていくだろうその情景を、言葉の組み合わせによってつかまえることができる。これは大冒険だ。

現代詩の開いてくれるイメージへの耽溺とその表現の探求が、密かな楽しみになった。表現の可能性に挑戦する様々な個性に出会うことができて、対象は広がり続けた。しだいに、自分の嗜好は、時代からやや遅れたところにあるらしいことに気づきはじめた。乱暴な断定かもしれないが、現代音楽の潮流がそうであるように、現代詩の潮流は、無機質で思索的な観想に傾いてきたように思う（すでにこのような把握の仕方自体が時代遅れになってしまっているのかもしれないけれど）。そうした表現指向にも、もちろん魅力は感じる。ただ、私が偏愛するのはもっと古風な、直接的な肌触りのある詩作品である。

たとえばそのひとつ、堀口大學「朝のスペクトル」には、現代詩ではほぼ禁忌でさえあるだろう直喩がおしげもなく使われている。「空色の天鵞織の上に散らばつた／黄金いろの真珠のすだれのやうに／光の中に輝いて、／白い布の上にひろがつたお前の髪、／それから桃色の二つの頰、／火焰の花びらのやうな唇。／夢の窓のやうな二つの眼、……」。ここには、堀口氏が若き日に異国の恋人と過ごした、おそらく一九一〇年代のパリの一室での有様の、なんとみずみずしく彩り豊かに、しかもたっぷりの情感を込めて回想されていることだろう！　私はこの作品の、一見素朴で直情的な表現のなかに、すっかりとらえられて魅惑される。異国の光が射す朝のやわらかな陶器色のシーツの中に、作者の夢想とともに埋もれていく自分を感じ、幸せになる。そんな詩を、私も書きたい。

二〇二四年一月二十八日

有田和未

著者略歴

有田和未（ありた・かずみ）

1962年、福岡県生まれ。幼少時はのどかな田園（ほぼ山中）に暮らす。小学校への通学路で猪や狸とすれ違う。中学校で炭鉱町の荒くれた人間関係に馴染む。中学二年生の時、家族で東京に移住、同級生が標準語で喧嘩をするのを見て衝撃を受ける。早稲田大学第一文学部卒、立教大学大学院修士課程修了、筑波大学大学院博士後期課程満期退学。教員。

詩集　登校時間《とうこうじかん》

発行　二〇二四年十一月二十日

著者　有田和未

装幀　直井和夫

発行者　高木祐子

発行所　土曜美術社出版販売

〒162-0813　東京都新宿区東五軒町三—一〇

電話　〇三—五二二九—〇七三〇

FAX　〇三—五二二九—〇七三二

振替　〇〇一六〇—九—七五六九〇九

印刷・製本　モリモト印刷

ISBN978-4-8120-2845-2　C0092

詩集　アキレスの妻へ

序

五歳を超えて楽器（とくにヴァイオリン族の弦楽器）を始める人は、レイトスターターと呼ばれる。音を聴いただけで音程を判別する「絶対音感」や、弦を押さえて正確な音程を作る技術の習得には、早期訓練が圧倒的に有利だから。

私は弦楽器レイトスターターだ。十五歳からチェロを始めた。楽譜を見ても音階が頭に浮かばない。聴いた音がどの音程か判別するのも難しい。「絶対リズム」というものもあり、これがあればメトロノームなしで正確な速さを保って演奏できる。通常は奏者が感じる主観的なリズムと客観的なリズムのずれは思いのほか大きくなりやすく、プロ奏者でも特別な注意が必要なほどだ。ましてレイトスターターにこの能力がつくことは、ほとんどない。

なぜ私は弦楽器演奏を続けるのか。なぜ徒労かもしれない練習をやめないのか。聴衆はいないか、たとえいたとしても、喜んで聴いてはもらえないかもしれないのに。

他の人ではない、自分の中に自分だけが感じている美しい表現に、演奏によって現実の形を与えたいのだ。どんなに素晴らしい演奏家の演奏に感動したとしても、その表現は私の美意識とまったく一致するわけではない。自分の中に生まれた自分だけの美意識を表現し、自分以外の人間にも伝わる形を与えたい。まだ形のない美意識を自分の中からすくいあげて誰からも見えるようにしたい。共感してもらいたい。それが表現する行為の意義だ。

もちろん独りよがりに傾きがちだろう。「自分だけの」という言葉は魅惑的な響きをもつけれども、「独自」と「独りよがり」の判別は難しい。しかし独りよがりからの脱出が困難だとしても、たった一曲でもいい。人に聴かせられる、人に喜んでもらえる演奏をしたい。それを夢見て今日も、いまだ自在には操れない楽器を取り出す。

私は無名の書き手であっても詩をやめない。有名でなくとも発信する。表現したいもの、すくいだして形を与えたいものがあるからだ。それは自分の中の理想の音を追いかけたい衝動とよく似ている。あとは、技術が追いついてさえくれれば……。

有田和末

二〇二四年三月六日

目次

詩集　アキレスの妻へ

もう、娘になる――十五歳のために

君は今しも素足を伸ばし立ち
色のない生毛《うぶげ》に包まれていた柔らかい外側を
何気なく服をとるしぐさで
脱ぎ始める
衣が落ちて、花が現れたと知られると
咲きほころぶ花弁の細かな皺が伸びきっていく最中にも
蜜鳥と蝶たちがそこに止まろうと我先に集まってくる
まだ白い身体にふくらむ実の形がだんだんと

丸みと重みをもって
温度をこもらせ
芯のあたりに薄桃色の匂いをたくわえるのは
それは次に咲こうとする花のエキスが湧き出して
薄い表面に柔らかな曲線を押し出すせいだという事実を
触れられた輪郭の
波立つようすが教えてくれる

どの娘もその時節になると
頰や、額や、腕や、見えているすべての外側に
甘い無数の新芽を吹き出させていくものだから
君の全身が新緑に覆われて
金剛石の輝きをもつとき
細い四肢に伸び盛る誕生の光景が私をうっとりさせる

それでも日が落ち次の朝を待つべき境い目にさしかかれば
一度開きかけた身体をすっかり折りたたみ
暗くなった葉陰に身を隠すのだろうけれど
そこにはしだいにおいしい水がたまり、澄まされ
いつか隠しようのない泉になる
するとどこからか眩しい陽がふたたび射しかけられて
水面から現れ出る君のなだらかな半身に
花の色を帯びた照り返しが一散に塗りつけられていく
君は浴びせられた娘の色に全身染まり
明るい色に変わりながら
すべての変化を終え
ほら、娘になる

アキレスの妻へ

生まれたての娘の目が開く
瞼《まぶた》を脱いだ宝石が
鏡になって、射し込んできた希望を反射させる
満面に濡れた瞳孔をひろげて
裏返しの亀と同じ手足をよじり動かして
目覚めたばかりの未知のすべてを
全身の往復で呼びよせはじめる
押し開《ひら》いた新しい窓は、すぐ風に吹き動かされるだろう
揺れる窓枠の合間に、溢れる情景を断続的に繰り広げさせて

四肢と瞬《まばた》きの不規則な揺らぎは
私たちの親愛を敷きつめたこの世界を
今開いた二つの鏡の中に招き入れる
妻よ
おまえは両肘をつき
背を反らせて傍らに横たわり
スフィンクスの姿勢をあらわしている
深く首をかしげて娘を覗き込む
スフィンクスの目は
見開く娘の目とお互いを映し合うから
合わせ鏡に広がる世界を共有するふたりの蜜月に
記憶の底を遠く超えたいつかに私たちを見ていた誰かが映し出される
折から初夏の陽射しがふたりを強く覆っているのだけれど
眩しさの理由はそれだけではない

おまえは全身を娘に注ぐ姿勢をとり
娘が瞬けば即座に
こらえきれずに笑う
するとおまえにめがけてこの現実の全体から
幾千の宝石を透かせた光線が一息に射し込まされる
おまえの顔は強い明るさでほとんど白くなる
この世界にこのような笑顔があったと私は知る
私は打たれる
おまえは母になったのだ
おまえの幸せが私の思い出の底から湧き上がる
母の笑顔に押し流され私は打ち寄せる輪廻の汀《みぎわ》に立たせられる
時が尾を引いて廻《まわ》るその波のほとりに立たされた自分を見る
自分もまたその渦中にあると確かに知らされる
私は踵《かかと》のないアキレスになって妻と娘を守れたらと願う

アキレスが亀を追い続けるのは
スフィンクスの目が二人を追い続けるからかもしれないね
アキレスから妻へ
明日を超えても
おまえが大事だよ

咲き初《そ》める少女に

君がこんなに美しくなるなんて
君を連れて
人気《ひとけ》のない町はずれの公園に、行き先もなく時間をやり過ごしたとき
または家族連れが賑わう大型施設の喧騒に埋もれて
ママが入浴から戻るのを待ちわびながら
泣きじゃくる君をなだめることもできず見守っていたとき
君を連れて
行ったことのない町まで自転車を走らせ
その前籠の中で

君が無心に駄菓子を頬張るのを
その口や鼻が本能のままに動き続けるのを
日差しを避けた建物の陰で
ひと時の休息に、半分上の空で眺めながら
これらがいつまでも終わらない儀式だと感じていたとき
思いもよらなかったのはなぜだろう
今も君の手を引いて
水分を充満させた小さな温かい袋と同じ感触の
君の手がゆっくり、ゆっくりと
たどたどしくしか進まない足音を
規則的な鼓動にのせて伝えてくるのを
手のひらにうけとめたときのリズムと音色を
ありありと聴きながら
それはそれまで疾走を禁ずる警告の響きを帯びて

やや物憂げな余韻を反響させていたのが
突然
君の折りたたまれていた内側すべてが一斉に膨らみ開いたとき
すべてが飛び去る羽根を与えられ
音は夢の中の幸福な音楽に転じて
色は数えきれない数多《あまた》の種類を眩しく生んで
遠のく、淡い色使いの絵画の姿を顕《あらわ》して
何もかもが生まれたばかりの記憶に塗り替えられていくのは
なぜだろう
なんて君は
美しいのだろう

スフィンクスの乳の河

誰かが誰かを覗き込む姿勢には
生きる者どうしを繫ぐ基本の形がある
たとえば母は両肘をついて、スフィンクスの姿勢になる
そこから深く首をかしげ、娘の奥深くに見入ろうとする
母の瞳孔は開き続けて
黒い中心が娘になりさらに
人ではないものを見る輪郭になる
見えているのは人が受け継ぎ繰り返してきた行為の跡かもしれない
スフィンクスが寝そべりながら半身だけ持ち上げるのは

これから私たちの全体が向かうだろう時間と場所に臨む姿勢なのかも
しれない
母は娘に臨むために心を決めて
それからおもむろに、その姿勢をつくる
娘は何かに怯えて泣くが母は笑う
何も見えないくらい先の未来に向かって
または想像できる長さを超えた昔々を見通して
笑うかのようだ
母は言う
母はうれしい
母であることはあまりに一瞬でありながら
このときだけは
流れる乳を中継する資格が与えられるから、と
母はいつの間にか幸福なスフィンクスの顔になって娘に乳を与える

母の乳房には
乳とともに私たちの歴史が流れ込む
連なり伸びてきた命と経験の連鎖が結ばれあった大河になり
天空から滑り下りて娘の喉に流れ落ちる
娘は目を見開いて、母の幸福に喉を鳴らす
命を受け取る音を聞いて
スフィンクスは娘に
私たちの記憶と願いを流し入れる運命の蛇口になる
スフィンクスの姿勢はだから
運命の注ぎ口の形をしている

娘体感

いまだ子どもの存在がよく理解されない
ときどき、気のせいかと思ったりする
まぼろしだろうかと感じたりする
父親はおおむね、そんなものだし

ただし理解をともなわず
先にからだが受け入れてしまう事態は起こる
ぐずる娘を気まぐれに抱くと
初めて経験される生温かい温度が胸から侵入し
真新しい血の感触が胃の奥のほうにも動きだし

もっとそれを吸い入れたい衝動にとらわれはじめる

ひそかに皮膚の下に踊りだす血のめぐりを
からだが感知してだんだん胸騒ぎがする
そこでちょっとだけ強めに抱きしめてみる
娘は嫌がりはじめる
それでもなだめすかしてまた抱く
血はさらに生生《なまなま》しく踊り動き今度は腸の辺りに雪崩れ込んで来はじめる

娘の血と自分の血の密着する感触が私を惑わせる
肉親でなければ驚いてやめるかもしれないが肉親なのでもう少し抱く
娘の胴体と私の胸がねばりついて熱くなる
もうやめられなくなって嫌がる娘を無理やり抱きしめ続ける

沸き上がる血で鳩尾が白熱する
高熱でしっぽり膨らみはじめる
皮膚の内側が全身で沸騰する
自分のものでない煮たぎる血が噴き疼いて私はさらに萌えあがる
私はもうやめられない
子どもはまぼろしではない子どもを離せない
気のせいではない子どもの重さと温度が忘れられない
理解は遠のきつつありながらそれでも抱くのをやめられない
だからもういつまでも子どもを抱きしめないでいられない

愛とは何か
おそらくそれを深めても理解を深める軌道と行き会わない
愛する手順と理解する手順とはそんなに関係がない
似ていても混同されるべきではなく

愛はからだの内側から知られるような
生きるために不可欠な臓器のさらに裏側の
湿った薄い粘膜に始まる感応現象に間違いない
触れ合うだけでいい
抱きしめれば始まってしまう
何も間に差し挟まれるものがない
まったく直《じか》で空白で
熱い、じっとりとした行為だ

私は娘への愛をからだから始める
いやらしくはないよ、でも
これを娘体感と名づける
娘を抱くたびに、
おう、じゅわっとする。

君をどう思っているかって？

私はひそかに恐れた
自分のためにではなく生きる毎日にとらえられたとき
どれくらいの間なら逃げ出さずに済むだろうかと
そのうち恐れは日常に溶け込み
いつか、はるか後方に遠のいてしまうときが来るのだろうかと

最初、君は命かどうかも分からない蠢《うごめ》く温かい塊に過ぎず
徐々にその命の溜まりから這い出して
胴体を隆起させ足が伸び

首が伸び
みずから動く独立の輪郭を持ち始めた

やがて君は地面や床から自分を持ち上げる
命の塊がだんだん起き上がり
人の形をした君が歩き出す
そうして終わりが見えないと思われたほどの時間をかけて
私に向かって歩み寄って来るまでになった

みずからの形を次第にあらわしながら
私と妻の命に密着し
私たちの時間をふんだんに呑み込み続け
そうでなかった頃を忘れるくらい
その大半を削りとり

みずからの領土を拡げ
私たちの場所を奪いに来て
とうとう君が捕食者の顔を見せ始めたとき
私はかつて自分が奪ったものを、今度は君に差し出そうとした
ようやく思い出した罪を償い
簒奪《さんだつ》したものを返上するために
抵抗をやめ、身を挺した私に
君はゆっくりと迫ってきて、一方的な勝利者の顔を見せながら
それまで守り隠してきたらしい
ずっと握りしめていたものを差し出してみせた

差し出したものと差し出されたものが噛み合うと
私たちの向き合う空間が明るくなる
君は捕食者の仮面を脱ぎ

命の奥から引き出した赤い力の塊を
私たちと渡し合う顔になった
私は意図せず自分が奪ったものと与えたものをそのとき知る
私は自分の幸福を知る
幸福の顔を露わにした君がもう少しの間だけ私たちに向かって来る

今を後から振り返ればごく短い麗らかな一時期に過ぎないのだろうと
　理解はしていても
しかし今見る君はまだずっといつまでも小さな子どもであり続けるよ
　うに思われるのに
私たちのゆるやかな忍耐が終わる遠いいつか、いや多分もう間もなく
小さな子どもではなくなるだろう君が今
私に向かって歩み寄る
私の脚を抱く君を抱え上げ君を胸に抱く私に抱かれながら君が私の胸

に額をあずけて私を抱くと私たちの周囲の情景がいちどきに回転する衝動に動かされる
私の中心が高鳴る
急激に私は悟る
君を愛していると

アキレスの天使

妻は時々、天使のように見えるようなそんな気が時々、する
ところでそうでないとき、例えば妻が猛然と怒っているようなとき
私は雷様から身を隠したい人の気分に共鳴する
つまりどこかに雨宿りするのが賢明な選択だろうと思うわけで
(あくまで暴風雨が通り過ぎるまでの間の話として)
どこかと言うのは、書斎であったり、台所の端のほうであったり
少し暗くて外から姿の見えにくいような、身を潜めるのに格好の場所
　のことだ
もちろん、なぜそこにいるかと言う理由づけは必要なので

やめていた煙草をちょっとふかしたり
読みさして放り出していた本を不自然にまた読み出してみたり
色々と手段を講じて雨宿りを図る
雷様を恐れて葉の間に身を隠す雨蛙の立場に身を置いて
妻の所在を窺いながら避難場所を移動したりだとか
こっそりと、恐る恐る、そんなことをする

しかし逃げ出しはしない
私の腕時計は、妻が乏しいこづかいを貯めてある日買ってくれた、見
　るも美しい精巧な時計だ
それだけでいい
私のスーツは、妻が不足しがちな家計をやりくりして買ってくれた、
　着るのも勿体ない高級品だ（少なくとももううちの家計では）
それだけでもいい

妻は家事子育てに草臥れたと毎日繰り言を言い頭を振り時によっては
涙を落とし
それでも美味しい食事を毎日拵えて待っていてくれる
それで十分だ
妻は毎日笑顔で私を送り出し、笑顔で迎えてくれる
これ以上、何があるだろう？

至極単純に何事もなく当然の速さで流れて行く私たちの日常の中に
味わわなければならない私たちのほんとうの食餌がある
それはたとえささやかであっても生きるために不可欠な養分だ
もう一度、少しだけ思い直してみれば
もしかしたらだけれども妻は天使かもしれないよ
機嫌の悪いときの天使だって、中にはいないこともないだろう
私はアキレスになって彼女たちを守りたいと願ったのではなかったか

今日、アキレスは天使と喧嘩をした

どうしても

君たちがただいるだけで
部屋は混沌とし始める
理由のわからない事物がどこからか溢れ出てそこここに散乱する
それらはだんだん山になってやがて崩壊し始める
山を修復する前にまた山ができる
君たちがただ歩くだけで
床という床はその痕跡だらけになる
涎だとか髪の毛だとかからだの一部やら分泌物やら
なぜかくっきりと読み取れる足の形の連続だとか

君たちが通る前の状態に戻せるかどうか見通しがつきにくくなる
見通しは日々悪化する
君たちを連れて出かけるだけで
車の後部座席は野生の平原を彷彿させ始める
様々な草の葉だとか砂だとか、何かを食べたあとの屑の集合体だとか
その上大声で歌に似た遠吠えをするので
窓が曇って透明ではなくなっていく
外側も心なしか錆びていく
清掃する前にさらに状況は進む
私たちはだんだんあきらめる
日々ますます暴風域は拡《ひろ》がり
私たちは風の渦に巻かれ埃をかぶっているのが日常になる
その前がどんなだったかを忘れそうになる
無我の境地に解脱しそうになる

なぜだろう
それなのに
私たちは気づいていく
気づかされていく
気づいていかされる
もう以前には戻れない
どうしても
何がどうであっても
理由ならある
君たちがいるだけで
私たちはしあわせになる

日曜日のチョコ

妻と娘がチョコレートをくれた
二人で選んだのよ、ね、と親子で顔を見合わせて
六個セットの箱詰めを
今日は一人で食べていいと言うから
礼を言って、無造作に口に入れ
さて仕事にかかりながら飲み込むと
家族してベルギーに出かけたときのことが思い出された
せっかくだからとチョコレート専門店を訪ね歩き
一粒数百円もするチョコを、一個ずつ、何種類か選んだものだ

広場に腰かけ、一粒を三人で大事に分けて食べた
一日に使える食費の残りを計算しながら
美味しいね、と、ちょこっとずつのチョコを真剣になめた
小さかった娘はカカオに興奮して
やたらに跳んだり叫んだり、強硬にむずかったりした
最後には涙を吐き出すように泣きだした
妻になだめられ、抱かれたまま寝ついた唇の周りに
チョコがうっすら、まだ残っていた
その専門店の支店が日本にもある
そのお店で買ってくれたのが今日のチョコレートだ
あのとき三分の一ずつ味わったチョコを一人で飲み下して
すぐ飲み込んだことが、急に空《むな》しく思われた
一人で食べる丸ごとのチョコは、たっぷりのボリュームがあり
あのときの三倍の時間をかけて飲み込んでもよいはずだけれど

味わう時間は三倍あっただろうか
あのときのほうが長かったのではないか
今日よりずっと長い時間、口の中に残っていたのではないかと
甘みの後のすっぱい余韻が尾を引き続ける
二人はこの高価なチョコレートを、どんなふうに選んでくれただろう
幼い娘は、自分が食べないチョコレートを、どんな気持ちで選んでくれただろう
気がついたら、残りは一粒
たった一粒のチョコを
出かけた妻と娘が戻ったら
もう一度三人で味わおうと思う
一人で食べるチョコレートは、あまりにすぐに飲み込まれるから

パパの正体——二歳にもこんな寝顔ができる

とうとう母親の不在に気づいた娘が
泣こうとする
強情な肺を最大限に膨らませ、顔を端から端までゆがませて
どこかにいるママに届かせるために
絶叫噴射の準備が整う
しかし、しばらくママは留守だ
私はすぐに言う
パパの正体を言おう、
パパが本当のママだ

娘は顔を戻す
泣くのをいったんやめて私を見る
少し驚いた後
少しの間、私を睨んだ後
真顔になった後
意地悪く笑って言う
パパがママ？
そうだと私は請け合う
娘は見下した顔をする
二歳にもこんな顔ができるのだ
今度はからかうときの小声で私を呼ぶ
ママー？
二歳にもこんな声が出せるのだ
私は笑顔で答える

そう、ママです
実は、パパがママです
パパがって自分で言ってるし、と娘は横を向いてつぶやく
二歳にもそんな指摘ができるのだ
私はわざと聞き流して、さらに言う
おっぱいをあげてもいいのだが
パパのおっぱいからは甘いコーラが出るから
歯に悪いから止めたほうが無難だと思う
それでも君に添い寝して
君の背中を撫でるのに不都合はないので
おいで
私は笑い転げる娘を寝かしつけにかかる
二歳でもこんなに笑うのだ
絵本の読み聞かせに聞き入りながら

ママの声色に疑わし気な顔をしながら
娘は私を馬鹿にしながら
寝る
ほら、やっぱり
今晩はパパがママなのさ

碧《みどり》の待ち人に

予定よりも少し早く来た君だけれど
私たちの準備は万端だ
君をつれていきたい場所がある
会わせたい人がいる、知らせたい事実がある、感じて欲しい興奮がある
力を振り絞ったひとつの旅程を終えて君は泣く
しかしすぐ夜は明けるだろう、すると間もなく次の行く先に発《た》つべき時が来る
こんなに君を待ち構えている、あの津々浦々の目的地に

思い切り君を押し出さなければならない時が来る
今にも陽射された情景が浮き上がって来つつある、あの焦がされそう
　な場所たちに
私には見える
見た途端そこを気に入った君の飛び出していくさまが
もちろん君はどこにでも行けるのだ
日が昇りまた沈むまで、あっという間に一日を遊び終える毎日が来る
だから躊躇わずに行きたまえ
見まわしてごらん、この未知が続くたくさんの生き物の棲み処たちを
ここは何て広く大きく広がる円球なのだろう
かけめぐる空かけめぐる君かけめぐる明日かけめぐる今この空は君の
　ものあの雲は天のものその雨は地のものあの陽射しは君のもの
これからまた森たちが濡れ、その後次の芽や蕾が吹きだすだろう
君はさらに吹き伸びるだろう、めくるめく生きめぐるだろう

この青緑の空白に
どこまでも膨らむ広漠たる余白に
君の手脚を開いて、生まれたての心を開いて
受け入れるだろう、この自由を、新しい野放図を
水は土に濾過されて河と海を湧き立たせ
鳥たちと魚たちにとりまかれながら空の受け皿になる
君は皿の面《おもて》のすべてを自分のものにすることができる
魚に押され、鳥に曳航され、明るい昼に照らされながら
水平線から私たちに向かって笑うだろう
今はまだ眼を閉じたままの君に、私たちが贈ろうとするのは
君の最初の眼の開《あ》けかた
開《ひら》いたときに決まることがある
君はひとつの選択をするだろうから
どうしても私たちは贈りたい

ここは、牢獄ではなく、美しい園だ
こんな、エデンの園に遊ぶ夢に
目覚めたまえ
認めたまえ
確かめたまえ
下ろしたての幸福を
箱一杯に積めて
君に贈ろう
君を待っていたよ

トマト君

君の顔はトマトに見える
ぷっちゃりしていて瑞々しい
いますぐ食べたいよ
舐めたり
吸ったり
さわったり
そして
ほんとうには食べることはできなくとも
せめて君が食べられないように見張り続けたいよ

それは今だけじゃない
これからもその先もそれから後も
そのつるつるの皮が傷つかないように
笑いたい気持ちではじけそうにピンと張り続けるように
水をやり、肥料を補給し、窓辺の明るい太陽に当て
希望をふくらませるのと同じ気持ちで
育てていたい
ずっとね
心からほんとうに
(正直の証拠に、今日は舐めるだけにしておくよ)

童心

娘が私の手を摑む
強く、しっかりと、急に
それで私の心も強く、しっかりと、急に摑まれる
痛く切なく私の心臓を縮こめる
あの小さな手と指とで
私の中心はきつくすくんだ弾力を持たされる
急いで戻そうとして
身体の内側から外に押すとき
何かが娘に向かって溶け出てしまうらしく

娘の指が押し出した
生温かさに
私の全身は濡れそぼる
ひろがる酸っぱい味に浸かったまま
私の視界は小さな娘で一杯になる
私を見失わないように
私を見上げ手に力を込め
私を摑む娘に
何もかも摑まれる
娘と連れ立った散歩の道で
急に温められながら
密かに泣くのをこらえているのは
彼女をずっと
見失いたくなくて

子どもたちが仮面を脱ぐまでに

今はただわがままな生きた肉の塊でしかない幼い子どもたちと
不意に対峙する巡り合わせとなり戸惑いを隠せないあなたに
本当のことを言おう
彼らは仮面をつけているだけなのだ
むき出しの本能が湧き出るための赤黒い出口を
全身に咲きほこらせた小さな猛獣たちに
絵本を読んであげたまえ
とりとめのない話を聞いてあげたまえ
（何を言っているかは分からなくてもとりあえず）

意味不明の彼らのふるまいを
時間が許す限り見続けるだろうことを彼らに告げたまえ
（あなたがちゃんと見ているかどうかを彼らが確かめる前に）
その暴走と、暴発につき合い
泣きじゃくり吠えやまない邪鬼たちの面倒を見るうちに
ある日、唐突に、彼らは仮面を脱ぐ
その下の本当の顔を見せるときが来る
本能の嵐が吹き迷っていた昏い目に
かつてあなたにあった楽しく平和な生活を侵食しつくそうとしていた
いかにも獰猛なそれらの瞳たちに
おぼろげに知恵の光が差し
それに照らされた本当の魂が彼らのうちに宿り始めたとき
初めてわかることがある
彼らは素顔を明かすずっと前から

それらをひた隠しにしてきたわけではなく
邪鬼の仮面の下で
あなたから受け取る声や、視線や、皮膚の接触を
本能の吹き出す感情の袋のいちばん底のあたりに
何ひとつ忘れることなく積み上げていたのだと
その総量がどれくらいになったかを
彼らの顔があなたに見せるときが来たら
それらが貯められる過程で休みなく
着々とつくられていたのだと
即座にわかる
知恵の素で固められた顔の原型が
（それは一見、鬼に似ているかもしれない）
しだいに個性の色を纏い
ある日殻をとり、脱皮した姿を見せて

初めてわかるのだ
どこかに空しく立ち消えていくだけに思われた
彼らに対するあなたの奉仕のどれもこれもが
彼らの顔となって
結晶した現実となってあらわれる
あなたはその顔と向き合うことになる
彼らは受け取った奉仕を、そのとき
誇らかに顔で顕すだろう
あなたの血肉をむさぼろうとしていた
猛獣の黒い顔の下からあらわれた
できたてのまだみずみずしい人間の顔が笑う
子どもがあなたを見て美しい顔をする
あなたから受け取った幸《さち》をあなたに返すために
それだけであなたは幸せになる

子どもがあなたに向かって声を出す
かつてあなたから受け取った声を返すために
それからあなたの脚にしがみついて遊ぶ
それだけであなたは幸せになる
あなたの姿を求める彼らがこれからあなたの幸せをつくる
どんな親にも彼らはそうする約束らしく
その時までにあなたから受け取り積み立てたものに縁どられた彼らの
　顔は
あたたかな花の形で咲き乱れ始めるだろう
彼らはあなたを呼び、あなたを見て喜び、あなたに触ろうとする
本当にそれだけであなたは幸せになる
それなしにはいられなくなる
あなたの存在の真相を照らす情動の光が
あなたと彼らの両方の臍から吹き出して

その渡し合いが
彼らとの間に始まる
その日まで
その時まで
粛々と謹厳に
私たちは彼らの顔を待つのだ
仮面の下からほんとうの
彼らの素顔が生まれあらわれるまでに
あなたは悟っていくだろう
彼らとの蜜月は、休みなく、粛々と、日々準備されているのだと

マイコを叱る情景

マイコに怒る
マイコは驚いてまじまじ私を見る
悪い子は叱りますという顔を殊更にしてみせる
マイコは突っ伏してこんなの耐えられないわの姿勢をとる
時々こちらを窺う目が真っ黒な丸だ
そんなことでは許されませんの顔をもう一度見せると
マイコは黒目をさらに大きくする
結局、私は絆《ほだ》される
おいで

すぐさまマイコは私の膝に乗る
いつもの場所から見上げる目が、もう怒ってないか問うてくる
マイコを抱きしめる
パパはこれがやめられない
どうしたものだろう
パパが、だっこをやめられなかったら、どうする？
マイコの顔が勝ち誇る
得意のいたずら顔がしだいに
ほほほそうでしょの顔になる
どこからその確信がやってくるのか
何かが彼女に満ちている
それは生きるための素のようなものかもしれない
もろもろを含んだぴちぴちの何かで
マイコは燃料満タンだ

マイコに何の心配もない
何はなくとも、全部満タンの確信が人の幸福をつくる
たっぷりな気分はそして、曇りのない眠気を誘う
ほっと一息ついて、もう一度見るとすでに私の膝で寝る君に
おやすみマイコ
そして飛び立てる羽を持つまで、パパの中でじっくりと温もれ
いつかどこかに自分で気ままに飛んでいくために
その時パパは
君を思い出す顔をしているはずだ

君の壊れた宝箱のために

しょんぼり泣く小さな娘
壊れた宝箱をいつまでもにらんで
裏返したり、とれた蓋をあてがったり
せつないね
自分が壊した箱だけれど
他の誰のせいでもないとわかっているけれど
ずっと夢見ていたかった何かが
むなしく破れてしまったように思われて
今は涙が止まらない娘

わかるよ、パパも君と同じ気持ちになる
とてもとても、深いつらさに
我を忘れて世界に絶望し
何もかも終わってしまったと感じているかもしれない
一番大事にしていた何かがなくなってしまった、と
もう、戻ってこられない場所に去ってしまったと、感じているかもし
れない
でもちがう
君にわかっていてほしいことがある
夢は割れたり壊れたりしないのだよ
心の中に
宝箱をもってご覧
自分だけの
最高に楽しい宝箱

それが本当の君の持ち物になるのだ
これから
君が思い描いた君の欲しくてたまらないものこそが
決して壊されない君だけの宝物になる
世界の全部が壊れても
君の素敵な夢はそのままだ
過ぎ去るものは去るにまかせて
君とともにいつまでもあるものだけを
信じて、大事に愛していいのだから
だから安心して楽しい明日を
また来るにまかせてみてはどうだろうか
君が顔をあげる時は間もなく来るにちがいないから
とりあえず今は
精一杯泣いてしょっぱい悲しみを舐めておこう

蓋の取れた箱のための涙を
ふたりで今日だけは、思うさまに流しておこう
パパも君と一緒だ
胸をつぶして、青い涙を、光らせながら追い出してしまえばいい
そして君の最高の夢はこれからも
いつでも君と一緒に居続けるのだ

透けて眩しい手脚で

君たちは、はしからはしまでピカピカだ
どこもかしこも濡れた艶の反射で光っている
その色はここから見晴らせないほど離れた遠くの色で
そこの天上辺りから
まっすぐに降ってくる一直線の響きを載せている
やってきた色を身体中の皮膚と透けて見える四肢の中心にみなぎらせ
　て
君たちは飛ぶ
走る

遠ざかる
きっと
何も遮るものがないほどに
君たちの色は丸見えで明るい
だから行けるのだ
君たちが心のどこかでずっと昔から望んでいる
君たちを満たしているその
檸檬色に似た光線が
初めに射し出してくるところの
そこから何もかもが湧き出て来るところの
私たちがまたいつかたどり着くだろう場所をもこえて
すでに君たちをとり巻いているその照り返しの極彩色を
虹の上に投げかけ激しく振りまきながら
走れ

滑っていけ
とんでもなく遠くまで
飛んで行って小さくなり
君たちの内側に張り詰めた強欲を
喉元からあふれるくらい満たしておいで
あふれた光を空にそそぎながら
笑いながら家路を滑り戻ったら
私たちに
ただいまのキスをしておくれ
私たちが君たちのキスに彩られ
君たちとおなじ檸檬色になりながら
できることなら一緒に彼方まで飛んでいける軽さをもてるように
あわよくば
私たちも君たちと同じくらい、透明になれるように

娘たちよ噴出せよ

万事予定通りなんて君たちには全然似合わないね
これから愈々、本番に向けて出発する君たちなら
むしろ大事件に巻き込まれるとも波乱万丈たる冒険の夢に酔いたまえ
出たとこ勝負にしか出会えない
どんな絶叫アトラクションも色あせさせるに違いない
びっくり仰天の体験に目を輝かせ続けたまえ
ある時こっそり秘密の遊具を見つけてしまい
居ても立ってても居られなくなったなら
行ってしまえ、やってしまえ

夢のようなこの世の夢を見放題に見尽くして
最後の一滴まで果汁を絞り尽くし舐め尽くしたらいい
命の純度さえ大切に守るならば
すべてのルールは冒険のためにある
内緒だけれどこれは本当だよ
誰がどんなに否定しても、絶対に本当
だから、娘たちよ、行動せよ！
素敵な驚きのなかに飛び出して行け！
くたくたに疲れて帰ったらパパとママの横に座りたまえ
そして今日一日の冒険を、息せき切ってもどかしく話しまくれ
話しながら眠ったら、また明日の冒険が待っている
ドアの外では君たちのことを
新しい出来事が手薬煉引いて待っている
叫び、喜び、いくらでも笑うのが、君たちがここにいる理由だ

夕暮れる時間の終わりまで
靴底が擦り切れるまで楽しんでおいで
身体の隅々まで、わくわくが行き渡るまで、
心の端々まで、どきどきが染み渡るまで、
遊びまくれ！
飛びまくれ！
遊び耽って
走り疲れて
興奮冷めやらぬ火照った顔で帰っておいで
そしたら待ち構えている私たちの暖めておいた懐で
ほっこり充電してまた明朝には
世界に向けて発射しろ！
君たちの意気込みを噴出せよ！
予定がうまく思いつかない時は

いいからとりあえず突撃だ！
娘たちよ
この世は君たちのものだ！

世界の法則

毎晩ベッドに向かうとき君の子どもたちは
君を見て言うだろうか？
君に向かって
君に顔を向けて
君の眼を見ながら
はっきりとした声で
どこからどう見ても本心からだとわかるように
愛してるよって
心からの笑顔で

しかも澄んだ自然の声で
胸の奥から湧き出るように
ふと歌い出すのと同じように
もしもそうなら
君が彼らにこれまで
愛してると言い続けてきたからだ
または彼らの寝顔に見とれながら
お休みのキスをしてきたからだ
彼らは君が送ったものを
君にそのまま返してくる
それも溢れるように
いつまでもいくらでも
世界はそんな風にできているから
君がどんなに彼らを愛しているかを

彼らが君を見る眼で
君にくっきりと見せてくれるだろう
そうして君は初めて
この世界の幸せを実感する
今まで自分はこの幸せを知らなかったと
知ることができる
今まで自分は今よりもひとりぼっちで生きていたのかも知れないと
気づくことができる
もうそんなひとりぼっちには戻れないと
そう思うに違いないし
それよりもなによりも
もっと人を愛したくなるのに違いないから
もしも今そう思っていないなら
試してごらん

彼らに向かって
君が彼らをどんなに好きかを
視線や言葉や仕草で
何とかして彼らに伝える努力をしてみては？
できる限りの強烈なラブコールを
目盛りを振り切るまで、送ってみては？
（君の奥さんにも、そうしたように）
守るべきルールはひとつだけ
決して、何も出し惜しみしてはならない
全身全神経を使って、本気の本気で、一所懸命に
すべてを投入し
抜け殻になるほどに
力一杯をとことん、最後までふりしぼって
心底から好きだって、伝えてみては？

そうしたら何が自分たちに必要なのか
はっきりとわかるような
素晴らしいことがきっと起こるに違いないから
約束しよう
それが世界の法則だ

あとがきにかえて――レイトスターターの出会った幸運

うまくなりたい。理想の音を出したい。自分の解釈に人に伝わる形を与えたい。しかし自分の演奏能力はまったく足りない。足りないと分かっていても何が足りないのか分からない。発音、音程、フレージング、どれについても、できているつもりで実はできていないという漠然とした自覚が自分を不安にする。一生、自分は自分の理想に近づけないままなのか。凡庸なアマチュア奏者として自己満足の騒音を出し続けるしかないのか。当たり前のように良い音を出している人達と自分は、何が違うのか。

自信喪失と自己嫌悪にさいなまれて、ある日、通りがかりのバーにふと入った。しおれた気持ちで好きなマール（カストリ・ブランデー）を舐めていると、カウンターの隣で音楽の話をする人がいる。年配の紳士だ。演奏家かもしれない。つい、話しかけてしまった。少しでもうまくなりたい、そのためのヒントが欲しい一心で。

紳士は和食レストランの経営者だった。脇に置いてあった私のチェロのケースを見て、弾けるのかと尋ねられた。それで、ヘタから脱したくて悩んでいることなどを話してしまった。意欲はあるが才能が足りなくて、と。

奏者は誰が好きかと尋ねられるので、かねてから教えを請いたいと思っていた日本人奏者の名前をあげた。その人なら知っている、教えて欲しいなら話をつけてあげようと言われる。私が驚いていると、自分は趣味で音楽家のプロデュースをしていて、その演奏家にもかかわっているからと。後日、本当にその奏者の方から自宅にお電話を頂いた。もっとも教えを請いたいと思い焦がれていた演奏家の、弟子のひとりになった！　アマチュアを教えるなどありえない方なのに。

その後、仕事の合間を縫って細々とレッスンに通いながら、同じ小さな曲を弾き続けた。合格しないので先に進まない。「他人に聴かせられる演奏ができるようにして下さい」とお願いしたのだからそれでよい。曲をさらって一通り弾けるようになるだけでは私にはまったく意味がない。私は「良い演奏」がしたいのだ。

十年たって、弾き続けた比較的簡単な小曲に、「もう一度」と言われない日が来た。先生は特に何もおっしゃらないのだが、いつもなら「ここをもう一度」とか「音階をさらってらっしゃい」などと言われる。しかしその日は何も言われない。次は、別の曲を持ってきてもよいのだ！　さあ、あと十年、どの曲を弾こう？

有田和未

二〇二四年三月六日

著者略歴

有田和未（ありた・かずみ）

1962年、福岡県生まれ。幼少時はのどかな田園（ほぼ山中）に暮らす。小学校への通学路で猪や狸とすれ違う。中学校で炭鉱町の荒くれた人間関係に馴染む。中学二年生の時、家族で東京に移住、同級生が標準語で喧嘩をするのを見て衝撃を受ける。早稲田大学第一文学部卒、立教大学大学院修士課程修了、筑波大学大学院博士後期課程満期退学。教員。

詩集 アキレスの妻《つま》へ

発行 二〇二四年十一月二十日

著者 有田和未
装幀 直井和夫
発行者 高木祐子
発行所 土曜美術社出版販売
〒162-0813 東京都新宿区東五軒町三—一〇
電話 〇三—五二二九—〇七三〇
FAX 〇三—五二二九—〇七三二
振替 〇〇一六〇—九—七五六九〇九
印刷・製本 モリモト印刷

ISBN978-4-8120-2845-2 C0092

詩集　回転牛星

序

現代音楽の無機的な響きは私の苦手に属する。単なる効果音の連なりのようにしか感じられないことが多い。しかしその認識を改めさせられる経験をした。

小澤征爾指揮ウィーン・フィルハーモニー管弦楽団、アンネ＝ゾフィー・ムターのヴァイオリン・ソロで、武満徹作曲「ノスタルジア」を聴いた。二〇一六年十月のサントリーホール開館三十周年記念公演が、テレビで再放映されたものだ。

和音なのかそうでないのかも定かでない不思議な音の響き合いには、圧倒的な説得力があった。オーケストラの上空に、薄墨で雄大な山水画が描き出されていく趣があり、霧に包まれた森深い山中に、突然強い雨の降り注ぐ情景が、鮮やかに浮かび上がる。今までに触れたことのない新しい和音（不協和音？）がうねり伸びる。見たことのない新しい色に調合されたイメージが流れ動く。小澤氏による指揮の力が大きいのだろうが、武満氏の音楽の美質を、初めて理解できたと思った。

　武満作品には、未知の（いや、未開の）感覚の世界を切り開く語法があった。たとえて言うなら、肌に直接響いてきて、皮膚で感じる聴覚イメージを喚起する語法だった。音と言葉という素材の違いはあっても、こうした通常の感覚経路を踏み越える特質は、現代詩が切り開いてきた新しい語法に通ずるところが大きいかもしれない。

　日常で使用される語どうしの斬新な調合がもたらす不穏な響き、非日常の新鮮な触感、常識の裂け目にのぞくほの暗い空隙、等々を現出させる力に、目を見開かせられる。そんな表現作品が現代詩にも数多くある。

　苦手だなどと食わず嫌いを言わず、そのような創造的な語の連なりを、自分も自分なりに探してみたいと思わされる経験だった。言葉でとらえ開拓しうる境地は、まだまだ霧の中にどこまでも広がっている。誰もまだ踏んだことのない土地を、自分もいつか探し当てることができるだろうか。

二〇二四年三月六日

有田和未

目次

詩集　回転牛星

講義

講義

講義に出るのが恐ろしい
理由には思い当たる節々があるものの
できれば校門の手前にある古びた喫茶店で朦朧とやり過ごすのがいい
という
変な思い込みがその辺りで流行り出すと
授業がやけに騒がしくなってくる
それらしい顔が行き来する靴音の、天井までこだまする廊下を通過したあと
突き当たりにある教室の入り口でつい、立ち止まる

一歩踏み込めば止められない
どこかに端を発して、話題はめまぐるしく転換するため
ひっきりなしに変わるときの振動が教室の窓ガラスを外側に膨らませる
何がこの騒がしさの源泉なのだろう
ざわめく事件が呼び込まれそれが大きな山場を迎えそうな一瞬でさえ
予感の所在は日常生活の下部に伏流していて僕には見えない
その始まりの地点をたどる道筋がそもそも不明でありながら
ひたすらに知っている顔をして一時限をやり過ごす
ほかにできることが当面なく
もちろんできることしかできないのはつらく
せめて人々の関心から取り残された印象の薄い空席を見つけ出して
見咎められずに潜り込んだ刹那
今日も粛然と開始される講義

そこで語られる言葉は、疑問を解き明かすべき手順とは
どこかで全くずれた響きに満たされている
知識の連鎖たちが、教室の端々で行われる小さな騒がしさたちの源泉
　と空疎にすれ違う
多発するすれ違いのどれにも属さない見過ごされた静かな席で
森々と毎日の講義を受ける僕は
正《ただ》しく学ぶ自分が始まるのを今にも待ちあぐねている
そのためのレッスンを今、受けているのだと考えてみる
出かける準備はできていると信じながら
そのきっかけを見つけられず当惑している僕は
未だ開けるべきドアを知らされない者の一人であるほかない
教室のこの磨き上げられた危機感を他に誰が知っているだろう
みんなこれがレッスンだということを知らない
知らないで結構いい点をとる連中は適当に抜け出していく

小競り合いが始まる直前に
講義のあれこれなど無意識にやり過ごせる者たちの気軽さで
自分たちの生活の場へ、するりと身をかわしていく
終了の鐘が鳴る間際
教室に心を残しているのは僕だけなのだろうか
それでいいという啓示はある
レッスンは殺し合いであるのがイカすのだ
誰であろうとここに来るための資格として日常を騒がせる動機をふまえ講義を聞き流せるか否か
否なら殺される
今日もどこかで何人か殺される
何も言わずに黙って殺す
毎日包丁を磨いで来て
磨ぎきって無くなるまで人が殺される

今日、僕が殺されて廊下で倒れたまま
先生は靴を鳴らして帰ってゆく

教室からやや遠い場所にあるトイレにて

ドアをノックして下さいと脅迫じみた言葉を突き付けられる
それができるならトイレを訪れることはなかったかもしれないのに
急に言われる
ドアの内側から
こもった声で、断るのがためらわれるような低い声で
開けようとノブに手を伸ばしたタイミングで発される
それならやりかたを説明してもらいたく
先に手順を教えてもらいたく
ノックについての漠然とした指示はまるで僕の手を動かすことができ

ないのだと中々理解してもらえない
たとえばいつ、どんな風に叩けばよいか
手ぶらでよいか
殺害される恐れは何割くらいあるか
そして伏兵のやり方
サロンパスのパラフィンのはがし方それから……
ノックするだけでいいという
なぜできないかと詰問される感じになるので
僕は別に逆らわない
従順にノックしようと大変前向きな姿勢になる
強すぎるとかえって危ない
自分の意図とは別にとられるかもしれず
いま籠っている人の代わりに自分が籠る行為の正当性を
あるいはすんなりとは受け入れてもらえないかもしれず、だから

トイレは危険だ
突然開けると秘儀の真っ最中だったりする
その場合、目が合う前に黙って閉めるのがお薦めの対処で
瞬時の判断が僕らの知見を豊かにする
つまりトイレの現場には予測不能のあれこれがあり
閉まっているドアの向こう側に
各人各様のお楽しみが今にも犇《ひし》めいていて
耳を澄ますと色々の音が、音楽であったり、大歓声であったり、親密
　になろうとする者どうしの重々しい相談事であったり
時たまの大笑いは、大団円のサインであったりする
ならばごっそりと終了者が出てくる前に、素知らぬ顔で外に出たほう
　が安全かもしれず
彼らは大切なひと時をかみしめながら
ゆっくりと開きつつあるドアの隙間から隠然たる顔で出てくるだろう

から
だれしも自分の恍惚は秘密にしておきたいものなので
見られたと知られるより身を隠すに限る
それが一番だからだ
気をつけよう
テキストも持たず
はたまた暗黙の入場資格もないままに
トイレでくつろいではいけない
いやトイレには風呂があると
タオルがけで来た人々は脱力した顔でボックスの中に消えてゆく

半分ソクラテスの買い物——大学生協にて

靴下を下さい
思い切って言い出してみる
以前から決意は固めていたのだけれど
レジを前にすると躊躇《ためら》う気持ちがこみあげてきて
いつもつい心折れて妥協してしまうために
僕は靴下を買えないまま
何度もレジの前を通り過ぎ
または次の機会のために不要なものを購入し
それが家にあふれて早急な打開策を迫られ

今に至る
生協の店員さんは強情を張る
片方だけでいいですから
店員さんは向きを変えて次の客に取り掛かろうとする
もう少し
僕が納得いくまであともう少し
説明ないし応相談の姿勢をとって頂けないものかと訴え顔をしてみる
僕は靴を片方しか履きません
だから靴下も
右だけ下さいませんか
いいえ
靴は左だけ履きますから
靴下は右足に履きます
店員さんは気を利かせるそぶりをしない

もう片方は別の人に売れるだろう事実を告げるほかなくなり
きっと左だけ必要な誰かがいるはずで
二、三日中には多分買いに来るだろうから
どうでしょうか
店員さんは売ってくれない
一足買って左をその誰かに差し上げてはと理詰めにされて
僕はただしょんぼりする
店員さんは不要なもう片方とセットにしたまま
盗むように靴下をケースにしまい込む
聞いて下さい
ソクラテスは素足でした
僕は半分ソクラテスです
彼の半分に近づくためにこれから靴下は左でもいいことにします
すると僕の右足は素足になり

右側だけ哲学者になります
もしも力になって頂けるなら……
店員さんはくしゃみする
哲学者が何かを考えるときにする絶望的な無表情になる
靴下を下さい
靴下を買えない

坂の上の教室まで

教室に向かう坂を流れ落ちてくる砂利と砂埃のにおいとを爪先でかき
　わけながら
未確定の目的地に縛られる孤独な登山者となった自分を今日も斜面の
　中腹に見る
坂の頂《いただき》に待ちぼうけている教室には登りつめた者どうしのゆるやかな
　連帯と
そこに至るまでの苦境を忘れさせるほどの陽だまりや喧噪やが予想さ
　れ
もう少しだけ先に進もうとする動機を僕のうちにも奮い立たせる

だからひるみがちな踵を強いて前に進めたにもかかわらず
最後に一瞬遅刻してしまう僕は授業のみならず教室のすべての流れから数テンポ遅れて動くことしかできなくなる
廊下に向かって吹き出してくる風圧は教室の威厳を重々しく伝えながら
君は遅れた、という声に似た音を耳元で言いたてる
そこに潜り込むためには特別な決心の仕方を必要とするわけなので
チャイムの余韻を流し尽くそうとする教室の息遣いに逆らって脚をつま先の方から用心深く差し入れることができたなら
結界の内側には晴れた午前がなだらかに流れているようではあるけれど
強い到達者たちの居場所もすでに張りめぐらされているはずだから
運んで来た期待が反故になってしまう可能性も肝に銘じながら
響動《どよ》めきの最中《さなか》の無音の一角にやっと腰を据えることができる

それからの時間を朝の上昇とともに過ぎて行かせながら
差し込みはじめたまだ弱く澄んだ日射しに照らされくすぶるこの場所
　の潮の流れを陶然として感じつつ
次第にくっきりとしていく教室内とは対照的に
遠のく潮目が何も引き寄せないままに僕の周囲の小波も静まらせ終え
　るころ
それらとは何のかかわりもなく楽しげな級友たちのしらじらとした時
　間潰しが、今もまさに始まろうとする一瞬を理解するとき
僕は孤独な下山予定者の一人となって
いつも何事か別の目的物を空想しながらその時を待つ

聖書を読むよう薦められ

誰もが忙しく歩いているのに呼び止められるのはいつも僕だ
英語かと身構えると日本語で来る
彼らは昔からの知り合いに向ける笑顔で僕を取り囲む
お薦めの本を聞いたら聖書だと言うので一冊もらいについて行く
彼らの部屋はアパートの一室にあって本はほとんど聖書しかない
素晴らしい生き方に興味がないかと聞かれあると言うと仲間になろう
　と誘われる
そんなに簡単に仲間ができるなら考えてもよいと言うと洗礼をするか
　ら裸になって風呂に入れと言うのでそれは芸術のためでなければ難

しいと答えるとまず聖書を読んでみてはと提案される
本当に海が割れて道ができたのかと聞くともちろんそうだと真顔で言
　うので他の本を読んでみてはと僕は提案する
彼らは笑う
朗らかで善良な信仰者たち
彼らの歩く道は海の底でもまっすぐかもしれない
彼らは人混みでもまっすぐに歩き進み
ついて行く僕は何度も人にぶつかりながらふらふらとしか歩けない
同じ足なのになぜなのか
彼らは正しく歩けるのに僕は正しく歩けない
しかしある日見抜いてしまう
迷いない歩き方の理由
それは彼らの信仰とは別の道筋に潜んでいて
日常生活の手順一式がまとまってそこに含まれている

彼らは聖書を持たない無言の教えの熟達者たちであり
むしろだからこそ神々しい
挨拶するタイミング、話を切り上げるコツ、居心地のよいお店に二人
　で入る方法、等々
ほんとうの謎は生活のうちにあるのに
真の悟りのありかになぜ誰も気づかないのだろう
僕の手順は周囲とすれ違うばかりで
一方、彼ら信仰者たちとも嚙み合わず
その信仰も謎を解いてくれそうになく
(神がどこにいても僕の毎日にとくに影響はない)
生活と信仰と
それらは隣どうしに存続しながら透明な身体のようにお互いにすれ違
　う
どちらも同じ空間に属しながら僕とは交渉の機会をもたない

そうではありつつもう仲間なので
（少なくとも彼らはそう言う）
遊びに行くと
彼らの一人が食事をしていた
どこにあるアパートだったのか
行き慣れて時々ドアを開けに行っていた
ドアは誰でも自由に開けてよいと言われていた
その日は訳してもらいたい英文の参考書を運びがてら
ドアを開けると
食べていた
口の端から僕の足が少し見えていたように思った
彼はこちらを見て笑顔になる
僕のほうはちょっと肉っぽいにおいのする彼の足を食べる気になれず
ドアをまたそっと閉めたのだった

ゆっくり
彼の笑顔が見えなくなる
きっと彼はしばらく笑顔のままで
それからまたもとの食事にとりかかる

アール・ヌーヴォーの窓から

モルタルで塗りあげられたクラシックな階段を上がると外の喧騒は遮
　断される
昔の駅舎の窓口と同じ造りのカウンターに請求票を差し出し毎日違う
　担当者に受け付けされ
しばらく待って差し出された本を抱え閲覧室に入るとき
高い天井の中心から自分の足音が飛来する
空に近いアール・ヌーヴォーの窓はまばらな利用者たちに古風な光を
　射しかける
それらを頭上から微弱に浴びながら何重もの壁で世間から寂しく隠さ
　れた個室のありかを窓際の端辺りに見つけ出す

僅かに外気を持ち込むのは、僕に似た顔つきで時間を過ごす数人の学
生たちだけで
彼らもまた各自の席を戸外の活気と相容れない孤独な時間で覆ってい
る
見上げる窓の向こう側が暗くなるまで学生でいることに気後れする必
要がないので
ここで夕暮れを待つ自分をいつまでも待たせ続けられる
級友たちはどこにいるのだろう
授業終了の鐘のあと楽しげに散乱していき
その行く先にどのような目的があるのか
その目的を定められずにいる空白の白さに気圧されて
大学生活に行き着こうとする僕の心は窓際のこの一隅に当面の行先を
持っている
彼らはなぜ来ないのだろう

空白を埋めるための個室を持たずに
なぜ足元が揺るがないのか
彼らにあって僕にない鍵が
僕が探す方面とはまったくずれた切断面に埋もれているとするなら
何をさかのぼれば行き着くのかと
彼らの行く先の確認を試みたことがある
なるべく自然に同行したつもりが
驚きを含んだ顔に出会い
また言葉による多少の探り合いもあり
やや同情のこもった目にも阻まれて
彼らの到着地を結局見ていない
僕の行く先はそこではないと
なぜ彼らに気づかれるのだろう
彼らもまた隠された場所に自分の個室を持っているのか

誰にも犯されたくない場所を
ほんとうは守り続けているのか
しかしそうした緊迫感は彼らの表情にほぼうかがえず
むしろその源泉がわからない不思議な逞しさを帯びて
迷いなく歩き去ろうとする先の遠景には
青々とした芝生のグラウンドや
それぞれの木陰で数人が相談を交わしている街路樹の並び続く正門通
　りや
右往左往する学生たちの塊が動き合う大広場であったりが
ぼんやりと広がって見えている
それらはほぼ僕が人に見られないよう足早に通り過ぎようとする辺り
　にあり
僕はそれらを涼しくほの暗い閲覧室の古風なアール・ヌーヴォーの高
　い窓から時々覗き見ようと背伸びをする

青のり君に

食堂が何をするところか気づく人は少ない
ただ食事をするだけの場所ならば何も問題はないはずなのに
本当の目的をもって集う学生たちのつくる結界が
充満しすぎる空気圧を濃縮してそうでない学生を押し返そうとする
教室では抑圧されていた食欲たちが
ここでは剝き出しになって全方位に吹き出すから
そうそう油断もしていられないお昼時なのだ
ならば正面突破をあえて避け
人影のまれな古い奥まった学舎のひなびた食堂などを探しあて

午後も閑散とした頃、そっと訪れてはささやかな皿を注文し
落穂拾いの小さな幸福に浸ることもできるのだが
ある日、平穏は乱される
よりによって最も大きく明るい学生食堂の混雑する真昼の窓際に
一人きりで口を動かす眼鏡青年を見てしまう
僕は縄張りで同胞を見つけ緊張する猫の立場になる
真顔でゆっくり口を動かす彼を
やむなく姿勢を低くして僕は窺い続ける
無数の音が乱立するこの場所で、彼は静かな哲学者の作法を模倣する
しかも不用意に背筋を伸ばすので
表情のすべてが無防備に目立ってしまっているではないか
もっと背中を丸めて頭の位置を下げないと
食べている口もとが誰かに丸見えになってしまうことに彼は気づかな
いのだ

舌を見せて食事する彼の不注意に僕は一言忠告したくなる
君の作法は間抜けなだけでなくすでに罪悪だと
何か考えごとでもあるのか
頬に青のりをつけたまま
放心顔で食べ物を口に運ぶゆるい所作によって
これまで積み上げてきた僕の苦労はすっかり台無しにされる
群衆の只中で落穂拾い丸出しの彼に
教えてあげよう
それは敗北者のすることなのだと
青のり君、元気を出したまえ
せめて毅然とした落穂になりたまえ
充実した食事時を楽しみたまえ
厚かましく食事している周囲の学生たちと
同じ場所にいるのだという自覚をもちたまえ

君の生活が教室と自分の部屋との極めてシンプルな往復だけだったと
　してでも
その途中に友人たちとの雑多な日常がある顔をしておけばいい
そうでないとまるでそれが貧しい落穂拾いの道筋であるかの観を呈し
　たり
またはその事実が露わになりそうな気配が食堂内に流れ始めたりに
危機感を募らせる僕は
辺りに目を配り低い位置で口を動かし
考えごとなどせずさっさと咀嚼を楽しみ
何気なく食器を下げに立ってこの場から離れようとする
経験を積んだ一先行者として
何も知らない新人君には
結局小言は言わず場を去ることにするわけなのだ

イタリアから来た友

教室にはイタリアから来た友がいる
僕は少しイタリア語を覚えて声をかける
ボン、ジョルノオ
驚かれる
まじまじと見られる
イタリアから来たんでしょう?
イッテルコトガ・ワカラナイと言われる
言葉の問題は、解決が困難だ
授業中、ちらちらと彼を見る

彼は話を聞けているだろうか
彼はノートをとっているだろうか
彼がイタリア語で何か寝言を言ってないだろうか
みな、授業を聞いたり雑談したり
ちっとも彼の方を見ない
なぜ？
彼はイタリア人なのに、なぜ？
僕だけはイタリア人に親切にしようとして彼に挨拶を送る
紙つぶてを投げ、彼が驚いてこちらを見ると、やあ、と手を振るのだ
目を見張っている彼に、僕は声を出さずに口の形で、ボン、ジョルノ
　オと言う
彼の目は細くなり、怒っているように見える
昼休み、学食で彼を見る
きっと彼は楽しみにしていたピザを食べるだろう

そしてなるほどイタリア人だと納得されるに違いない
僕もウキウキして、彼のあとをつけてしまう
ショー・ケースの前で迷う彼に、僕は親切な日本人として現れる
お好み焼きを指差して、ジャパニーズ・ピッツァーと説明してあげるのだ
(英語だけれどまあいいさ)
(学食にピザがなくて、可愛そうな彼)
僕の方を振り返りながらスパゲティーを注文する彼に心の中で納得する
チャオーと言うと、彼はまた振り返る
そんなしぐさも、どこかイタリア風で
彼は携帯電話をもっているから
電話がかかって来たら、きっとイタリア人からだ
彼はイタリアの歌を歌いながら電話をとるに違いない

そしてまたイタリアンな雰囲気を醸し出してしまうのだ
僕はそれがうれしくて彼の電話番号を尋ねる
びっくりされる
イタリア語で言えない僕は途方に暮れる
ある日とうとう、彼の友人に教わってかけてみる
不思議そうに電話をとる彼を遠目に確認しつつ
カンツォーネ？　と言ってしまう
彼はなぜいつも驚くのだろう
クラス・メイトなのに
日本の授業はわかっているの？
日本のトイレは使えるの？
イタリアンな毎日は送れているの？
心配なのだ
彼がイタリア人らしく振る舞えているのか

イタリアの食材に不自由していないのか
それなのに彼は時々イタリー風の難しい顔をする
怒った？
ごめんね。
（でもなぜ？）
イタリア語で「許してね」は何と言うの？
今度、君の家に誘ってね
え、伊丹？

春の風が吹いた後——卒業式への遅刻

卒業式に間に合わない
急がなければならない一方、急ぐだけでは始まらない
その前にしておくべきことが四年間分たまっているからで
しかしそれは時間をかければいつか処理できる部類の事項には属していない
講堂前の広場は徹夜明けの卒業生でごった返す
それも一晩だけで済む話ではなく
前々から準備しておくべき数々の段階があり
それらを踏まえてここに来た者だけがそこにいることを許される

ただ息を切らせて到着したとしても
式はずいぶん前から始まっていたらしく
すでに参列者は講堂の床を隙間なく埋め尽くしていて
合流の余地はもうない
さらに選ばれた代表者が晴れやかに壇上に立つと
皆の顔がそろって前を向き
しばし学生気分をこらえた後
黒い、不思議なものが手渡されて
瞬間、誰の顔もがぬめりとする
気後れしては手遅れだ
急いで見回して察知する
晴れやかな衣装がつつむ不穏なもの
例えば火照りを隠した服の乱れ
うなじにしんねり香水の名残り

額に夕べの汗の跡
卒業式は最後の待ち合わせ場所だから
口紅をいくつも使いきり
ホテルの部屋を満室にして準備される
前夜も、前々夜も、遡られる過程のすべてがあらかじめ積み重ねられ
　てきていて
それもこれも箱襞の間に折りたたまれて
腋の下にもそっと挟んで
晴着の下に祭典の真意が折り隠される
口に出されない潜伏期
それが祭典の真相を充塡する
卒業式は個室の続きだ
卒業式の明日もまたどこかの個室に続く
終了して終わりではない

連続する予定に、騒ぎは休みなく引き継がれていくのだから
何の脈絡もなくここに来てはいけない
無防備の卒業生は場違いだ
うっかり丸腰で迷い込めば、人いきれに方向を失い行き場を見失う
そして誰かに気づかれる
気づきは隣に、また隣にささやかれる
失笑を伝染させ
会場の殺気に油を注ぎ
ひとわたり、津波のように盛り上げて
講堂は騒然と交響する
閉幕とともに、圧力でふくれた黒い群れが流れ出し
熱湯がこぼれるときの熱さで湯気を一斉に巻きあげ
街を殺気で一杯にして
荒くれた火花を雑踏に擦り起こし

膨張するお祭り気分が、無数の個室たちに散り散りになり
そこここに口紅のいたずら書きをふたたび撒き散らしたあと
一陣の熱風とともに
やがて卒業生たちは身を隠すようにいなくなる

玄関先の強盗

背徳の駅

その駅にいると悪夢がやってくる。
さびしく暗いものを求める気分がきざしたら
駅舎に向かい
古く黒ずんだ待合室のベンチに座りたい
そして胸に吹き過ぎる絶望の冷気とともに幻想の列車が
悪夢を連れて到着するのをひっそりと待ちたい
少しずつ、明かりが薄れていくように、近づいてくる予感に静まりながら
私はだんだん冷えていく

逡巡の午後

急に、うちがない
何だか、帰りたい
帰らないでここにいる
立っている
それはどこかの玄関の前だ
——うちだ
すでにそうだったのかまたはそうでなかったのか
想い出もいつだったか確かではないまま
記憶はめぐり

懐かしさの前で玄関が開く
そして立っている僕は
見知らぬうちの前

玄関先の強盗

玄関に身構えた強盗がいる
とある長閑な昼下がり
きっと、自分を殺しに来たのだと直感する
応対に出たユーコちゃんが
うちの妹なんですけど
アプアプと猫のような声を出す
あとで実はアッチアッチと言っていたと分かるがそのときは夢中で急
　いでもう一度寝てしまった顚末《こと》だった
もう一度起きたらまだ強盗がいて凄んでいるので

ごめんなさい、ごめんなさい
そう、トイレに行かなくちゃ
コウモンがジワジワするので出られなくなる
もう少しかかるししばらくここにいるし
ノックしないで下さい
自分からそう言って
実はやっぱり留守です、と言い直して
しばらくして出てみたら強盗は？
アッチアッチと彼女が指さしたところで彼は猫を殺しているところだった
人違いならと急に居丈高になって
強盗さん、ところでお金ありません
殺されずに済んでよかった

後ろの鬼

だれもがつかまりかける背後の塗りこめられた灰色の心地
急に絶望して鬼の潜む空間を歩く
とぼとぼととぼとぼと
するともう燻《いぶ》られ吸われている命なのだ
それもさだめだ
（鬼の所在が確認された話）
（鬼のさだめがとりこであった話）

まっくらな影が差す
帰り径

さみしくなると身につまされる命
くらいのだ
もう鬼の影のなかにいる
いつのまにか誰かに見られながら黒ずむ虫化の時間
鏡文字の標識を過ぎれば
塗られた黒い背後に
つらい
せつない灰墨が流れ込む
模様は字になりゆらゆら浮いて来て
もどりたい
かえりたい
ふとしぼりこまれる心臓の
まえもうしろも黒い
（いま、すこし顔の縁が見えた）

（鬼だね）
こらえられない
たすけてといえないのは
空耳に誘われてさびれた階段に足をかけ
灰色の影が差すと
ようこそなのである
とりこさん
だれののろい
主は明かされないままに塗られてくろいくらいさむい
あてもなくさびしく、路はやるせなくうら遠く
きびすをかえすと前に鬼
寒い
え、という間に
凍えてふうふう手を吹きながら燃えかすになる

縮まって焼けた虫になる終わり
惨めな死情けない死やる方ない怨念の
ふとわれに返り不安にかられ歩くとまたふと
後ろから鬼
じりじり食われるさだめなのか
知らずに灰になるまで
鬼に
後ろの鬼に
気懸かりに苛まれ歩くうちいつか視界が黒い
それがいつまでも
何度でも
でも
あるとき知ったのだ
おまえの居場所を知っているよ

（鬼の声があそこから）
（本当は虫だね）
（おまえの棲み処がわかった）
もう知っているもの
おまえはおまえの影のなか
壜のなかの虫の夢
夢を見ていた
遠い暗い夢
昏い食べ物人の細る命
とりこをとらえる異形の影の
でも自分を喰うのだこれからは
（おまえの居場所を知っているよ）
（虫のさだめの場所）
自分を舐める

おまえの虫の
瞑い命
籠った棲み処に焼けて枯れて
凍えて縮んで
朽ちて
おわる

牛煮

本日は牛を煮てみます
大釜になみなみと水を張り
牛を浸けて薪をくべて
緊張している牛に探りをいれる
牛さん、景気はどうですかね？
話がぽつぽつはずんでくると
牛も打ち解けて柔らかくなる
水は熱いか聞いてみる
ちょっと、熱い。

ほっとした牛が希望を言う前に
素早く謝罪して猶予を求めてしまう
水を足すからと言いながらさらに薪を足す
団扇をすすめ
風鈴を鳴らし
涼しい話題で和ませながら
牛の顔が変わるのをなんとなく待つ
だんだん話題もつきてくると
牛が心配し始めるのを横目で見る
湯気で空気に粘りが出てきて
少し気まずい頃合い
やめられないのだ
上目遣いで見てもだめ
熱いよね？

もう一度謝りながら薪を足す
釜から牛の匂いが立ち始める
朦朧とする牛を見てドキドキする
煮立ってくると興奮する
牛に見られて口笛を吹く
お湯が疑惑で真っ黒になる
牛の目が溶けた色になっても
真顔でよそ見をし続ける
牛が何も言わなくなる
沈む音
出来上がり
残さないからね

一晩の魔物

気づいたら寝床に魔物がいる
すでに足元にいる
見ると彼は僕の顔をしていて
僕の身体の一部をゆっくり手繰り寄せ
間もなく自分の一部にしてしまう
減っていく僕の一部を盗むとき
魔物は僕をよくよく見ながらしみじみした目になる
喰っているのだと分かる
僕も味わう

喰われ、減っていく自分の一部が
ただ僕から彼に渡るのではなく
侵され
自分であるものを支えている身体ではないほんとうの僕を
剝がされるときの
自分が卑しめられる出来事の起こるときの
たちこめる異臭と
魔物が僕を静かにもぎ取るときの
僕という場所を守っている僕の本体である何かが
大声で警告している声色を聞き
自分が奪われていくさなか
自分という場所をねぐらにしている小さな神のような生き物が
助けを求めて破裂しそうな顔をしているのを
内臓の中のくぐもった声が

ゆさぶる振動でまわりの肉が激しく震えるのを
それが最期の警報だと気づきながらも
なくなっていく自分を
それが味わわれ溶かされ無になるのを自分もまた
味わいながら
そうは言っても怖いし動くのはおっくうだし
それにトイレに行きたいのも我慢したままだしそれだから
魔物に肉を舐められる泥々した音を
あえてそのまま聞き流しつつ
または聞こえないふりをしながら
もう寝ることにする
（朝、自分に戻っているのを見て）
一晩が一瞬に凝縮する

ヒラメ・グラッセ

うとうとしながら悪夢を見る
場面が盛り上がる前に裏口から抜け出すことにする
つきあってられませんて
（だって、ドリョクは敵ですから）
しかし別の場所に出るだけで
それも結局夢なのだ
そこにヒラメが現れる
だからヒラメを食べよう
ヒラメ料理を皆で囲んで

（集まる欲深いグルメたち）
誰もが何か言おうとして口をもぐもぐさせる
ヒラメの次には何食べよう？
考えて何かが浮かぶわけでもなく
ヒラメをついばみながらふとそんな気になる
ヒラメの裏の希望をめがけて
（それとも底が表？）
（言いたいことは急いでどれも飲み込んでおいてから）
皆で一斉につつきまくる！
（意地汚いね）
お腹、すいてる？
そんなことはもうよくて
なかった時はヒラメ時
ヒラメってかわいいね

ヒラメをいじめっ子から守ろう
ヒラメをよじって、リボンをつけて
クリームを載せて海に返すことにする
ヒラメの家に行きたいなあ
「本日中にお召し上がりなさいませ」

回転牛星《かいてんうしぼし》

回転牛星

何処にいるかは知らない
地球と空とが摩擦すると
火花を散らして
回転!
牛だったのだ
約束したのにすっぽかして
また流れる牛
(約束の中身は秘密)
電話の音だけひっそり鳴って

夜の窓を瞬時に横切り
尾を引く一直線、彗星流れ牛！
願い事を早口で言う人もいる
ベランダの手すりから見る人も
そんな人には牛星はやさしく
夜の空から滑り落ちる
星と月との間を縫って
光になって降りてくる
ふと気づいたらもう、そばにいる
牛星は氷です
驚いた？
いいから
息を吸って、ね
感じてください

あなたの横にいる彼を
電燈に
夜
半分溶けながら

流れ牛星の言い訳

牛星は熱に弱いから
すぐ溶けて
流れ
落ちてくる
それは自分の気持ちが熱いからで溶けやすいせいではないという言い
　訳を
する端から溶けて水っぽくなった牛星は
勢いをつけてもう一度上昇を試みる――
失速気味の軌道を修正し

それ、回転！
半溶けのシャーベットを撒き散らしながら
それも月の光でライトアップされて
透け光る羽衣をまとった牛星は走り抜ける
その摩擦で牛星はまた熱くなるから
ああ、もう。
せっかく凍ったのに。
案の定いつものゴール地点で
水溜まりのようになった氷塊にまみれて
鼻水と汗だらけの牛星の真ん中が
（外側はもう溶けたし）
やや牛の形を残して
すまなそうに
やがて

最後は
ほぼ水に……

天想牛――（考える牛に、なりたい）

人間は考える牛であると教えられた
言ったのはコペルニクスであると
それはあまりに遠く過ぎた出来事として
音もなくかき混ぜられしだいに牛色になる
精密に設計された尖塔の先に残された手がかりはあると言う
神殿に踏み入るべく迂回した回想の道々
パティオのアーチをくぐれば配置の誤記入領域に彼は棲む
楕円の軌道をたどり公転する牛を追ううち
塔と動物が歪んでコラージュのカード遊戯に映像が始まる

それを溶け合いととるかまたはその奥の突き当たりの部屋に牛
すみやかにではなくドアが開き
地動説の刺繍がケプラーのテーブルに円を描く
開きはじめた仮想の最上階、ブルーノの迷いの机
誘われていたのはここだ、螺旋のステップは透し彫りに天使が泣き
唐草の格子に寄りかかる人影の裏側に小さい鳴き声が干渉する
ここに、おいで、考えろガリレイ
背中で涙を流すおまえに牛が瑠璃色にモウ
それは重いという意味だよ、さあ、その迷いを私にくれ
誘惑に血の証は不要だと神託は下るだろう
それがすべての色に流れてもなお足りぬと神は言うのだ
そして誰ともなく湧き上がるようにおまえを讃える歌で満たされて
なみなみと青く濡れこぼれる盃《さかずき》から
ただ敬虔に跪《ひざまず》き、光を受け入れたおまえの酒精を口に受けよう

契約者を装い、その実は祈る者として
聖盃をあおぐとき
無神論の礼拝に
ヒトのはじまりがくりかえされる

宝石猫の飛ぶ頃

頭上に開かれた視界の奥に
宝石猫が下降していく軌道の描く曲線から
ベガとアルタイルの中間付近に向けて
水晶型の尖った閃光が並んで噴射する
（彼が連続して急カーヴを切ったらしく）
夜更けた暗がりの半球を股にかけ
宝石猫の滑りまわった摩擦の香りが
周囲の星雲にソルベ状の彩りを反射している
そこに、長い雌伏から起き出したばかりの彼の手で

鮮やかに放たれる真新しい一撃
待ち望まれた轟音がとどろきわたる中
オルゴール盤を鳴らしながら生活の背景が時計回りをし始める
宝石猫が飛ぶ頃
それは夜空に貼り巡らされた鉱石が燦然と煌めいて彗星の尾を閃《ひらめ》かせるとき
星の配列は地上の生き物たちの言葉を映し
縦横無尽の飛行路には宇宙の循環が声高にうたわれる
すべての地面が天球と共鳴して振動するから
夜更けの端々にまで彼の目覚めの連絡が行き渡る
猫の旬とともに、またいくつもの航路が橋渡しされて
シュートしながら天頂を取り巻く水平線と地平線に
魚が飲まれ、牛が回転し、獅子が走り出る
賑やかな往来のために天の河まわりの輸送は屢々渋滞しがちになるの

真一文字に横切る宝石猫の航跡に火花が素早く枝垂れる瞬間を除いて
がこの時分のこと

憧れの牛星

牛星はいいやつ、何がって
ちょっと変なやつ
でもちょっと、気になるやつ
さらにちょっとにくいやつ
牛星はつるまないよ
融通は利かなくて
行く先にまっしぐらだから
日よらないけど
いつも自分の思う通り

だから、たいていは一人ぼっち
(でもすねてないよ)
(君とは仲良しだよ)
牛星が流れるとき
長々と尾を引く火花に向かって
誰もが願いを言いたくなる
夜空に牛星を感じるだけで
何か楽しくなる
牛星が通りしなにちょっと
冗談を言ってくれそうで

楽園の牛

どこにでもある草原がそのとき楽園になる
牛が
考えたとき
自分がどこにいてこれからどうなるだろうかと
初めて問い
自分がもった見込みに絶望し
そのとき見まわした情景が美しく見えたとき
牛は悲しみながら
それらを愛する自分の気持ちを確かめる

美しい牛が
世界の中の一つの草原に存在し始める

登校時間――あとがきにかえて

　登校時間が来る。冷え淀んでいた外気が朝の色調を帯びる。白濁する靄を晴れさせて視界が澄んでくる。地上の始動する音が鳴り、そこにある諸々が開花する香気をたてる。私は提案された物語内に歩き進む。学校に向かう道筋を押し伸ばす大気をくぐる触感に、額《ひたい》や背、靴の中まで浸されていく。これから何かがまた開梱されるのだ。未経験の出来事が無作為に取り出され、登校した先に選びきれないほどの現実が盛り上がり犇めいていく。その振動に反応して喉奥までもがうずきだす。期待される様々な結末が、身体の中心を騒がせ色めかせる。私は今もいつも学校に向かっている。当面の行き先は駅でありコーヒースタンドであり、その日によってまちまちであっても、到着した先には学校があり、もしもそこに行き着いたなら、校舎や教室の人混みのなかで目立たないよう息を潜めていたり、無言で何かに熱中していたり、窓外の風景を無為に眺めていたりするだけかもしれない。しかし私はその場所から、それまで自分の中にはなかった嗅ぎ慣れない調合度合いの新しい匂いと、馴染まないものどうしを詰め合わせた不穏な現実のこんもりとした部厚い手応えとを持ち帰る。どこかに向かおうとしている私の部屋は、そのために種々雑多な異国臭と文物で溢れかえる。いつかそれらを組み立てて自室の装飾を完成させることを夢見る私の登校時間に、波に晒される速度で濡らされ押され打たれ彩色されていく。

有田和未

二〇二四年三月六日

著者略歴

有田和未（ありた・かずみ）

1962年、福岡県生まれ。幼少時はのどかな田園（ほぼ山中）に暮らす。小学校への通学路で猪や狸とすれ違う。中学校で炭鉱町の荒くれた人間関係に馴染む。中学二年生の時、家族で東京に移住、同級生が標準語で喧嘩をするのを見て衝撃を受ける。早稲田大学第一文学部卒、立教大学大学院修士課程修了、筑波大学大学院博士後期課程満期退学。教員。

詩集 回転牛星《かいてんうしぼし》

発行　二〇二四年十一月二十日

著者　有田和未
装幀　直井和夫
発行者　高木祐子
発行所　土曜美術社出版販売
〒162-0813　東京都新宿区東五軒町三—一〇
電話　〇三—五二二九—〇七三〇
FAX　〇三—五二二九—〇七三二
振替　〇〇一六〇—九—七五六九〇九
印刷・製本　モリモト印刷

ISBN978-4-8120-2845-2　C0092